Schnitzler | Lieutenant Gustl

Arthur Schnitzler
Lieutenant Gustl

Novelle

Herausgegeben von Konstanze Fliedl

Mit Anmerkungen und Literaturhinweisen
von Evelyne Polt-Heinzl

Reclam

Zu Schnitzlers *Lieutenant Gustl* gibt es bei Reclam
– einen *Lektüreschlüssel für Schülerinnen und Schüler* (Nr. 15427)
– *Erläuterungen und Dokumente* (Nr. 16017)
– Interpretationen in: *Arthur Schnitzler. Dramen und Erzählungen*
  und *Erzählungen des 20. Jahrhunderts*, Bd. 1, in der Reihe »Interpretationen« (Nr. 17532 und 9462)
– einen Band in der Reihe *Reclam XL. Text und Kontext* (Nr. 19128)

E-Book-Ausgaben finden Sie auf unserer Website
unter www.reclam.de/e-book

RECLAMS UNIVERSAL-BIBLIOTHEK Nr. 18156
Alle Rechte vorbehalten
© 2002, 2014 Philipp Reclam jun. GmbH & Co. KG, Stuttgart
Gestaltung: Cornelia Feyll, Friedrich Forssman
Satz: pagina GmbH, Tübingen
Druck und Bindung: Reclam, Ditzingen. Printed in Germany 2014
RECLAM, UNIVERSAL-BIBLIOTHEK und
RECLAMS UNIVERSAL-BIBLIOTHEK sind eingetragene Marken
der Philipp Reclam jun. GmbH & Co. KG, Stuttgart
ISBN 978-3-15-018156-0

Auch als E-Book erhältlich

www.reclam.de

·LIEUTENANT GUSTL·
von
·ARTHUR SCHNITZLER·

·JLLUSTRIRT von M.COSCHELL·

Wie lang wird denn das noch dauern? Ich muss auf die
Uhr schauen ... schickt sich wahrscheinlich nicht in einem
so ernsten Konzert. Aber wer sieht's denn? Wenn's einer
sieht, so passt er gerade so wenig auf, wie ich, und vor dem
5 brauch' ich mich nicht zu genieren ... Erst viertel auf
Zehn? ... Mir kommt vor, ich sitz' schon drei Stunden in
dem Konzert. Ich bin's halt nicht gewohnt ... Was ist es
denn eigentlich? Ich muss das Programm anschauen ... Ja,
richtig: Oratorium! Ich hab' gemeint: Messe. Solche Sachen
10 gehören doch nur in die Kirche! Die Kirche hat auch das
Gute, dass man jeden Augenblick fortgehen kann. – Wenn
ich wenigstens einen Ecksitz hätt'! – Also Geduld, Geduld!
Auch Oratorien nehmen ein End'! Vielleicht ist es sehr
schön, und ich bin nur nicht in der Laune. Woher sollt' mir
15 auch die Laune kommen? Wenn ich denke, dass ich herge-
kommen bin, um mich zu zerstreuen ... Hätt' ich die Karte
lieber dem Benedek geschenkt, dem machen solche Sachen
Spaß; er spielt ja selber Violine. Aber da wär' der Kopetzky
beleidigt gewesen. Es war ja sehr lieb von ihm, wenigstens
20 gut gemeint. Ein braver Kerl, der Kopetzky! Der einzige,
auf den man sich verlassen kann ... Seine Schwester singt ja
mit unter denen da oben. Mindestens hundert Jungfrauen,
alle schwarz gekleidet; wie soll ich sie da herausfinden?
Weil sie mitsingt, hat er auch das Billet gehabt, der Kopetz-
25 ky ... Warum ist er denn nicht selber gegangen? – Sie sin-
gen übrigens sehr schön. Es ist sehr erhebend – sicher! Bravo! bravo! ... Ja, applaudieren wir mit. Der neben mir
klatscht wie verrückt. Ob's ihm wirklich so gut gefällt? –
Das Mädel drüben in der Loge ist sehr hübsch. Sieht sie
30 mich an oder den Herrn dort mit dem blonden Vollbart? ...

Ah, ein Solo! Wer ist das? Alt: Fräulein Walker, Sopran: Fräulein Michalek ... das ist wahrscheinlich Sopran ... Lang' war ich schon nicht in der Oper. In der Oper unterhalt' ich mich immer, auch wenn's langweilig ist. Übermorgen könnt' ich eigentlich wieder hineingeh'n, zur »Traviata«. Ja, übermorgen bin ich vielleicht schon eine tote Leiche! Ah, Unsinn, das glaub' ich selber nicht! Warten S' nur, Herr Doktor, Ihnen wird's vergeh'n, solche Bemerkungen zu machen! Das Nasenspitzel hau' ich Ihnen herunter ...

Wenn ich die in der Loge nur genau sehen könnt'! Ich möcht' mir den Operngucker von dem Herrn neben mir ausleih'n, aber der frisst mich ja auf, wenn ich ihn in seiner Andacht stör' ... In welcher Gegend die Schwester vom Kopetzky steht? Ob ich sie erkennen möcht'? Ich hab' sie ja nur zwei oder drei Mal gesehen, das letzte Mal im Offizierskasino ... Ob das lauter anständige Mädeln sind, alle hundert? O jeh! ... »Unter Mitwirkung des Singvereins«! – Singverein ... komisch! Ich hab' mir darunter eigentlich immer so was Ähnliches vorgestellt, wie die Wiener Tanzsängerinnen, das heißt, ich hab' schon gewusst, dass es was anderes ist! ... Schöne Erinnerungen! Damals beim »Grünen Tor« ... Wie hat sie nur geheißen? Und dann hat sie mir einmal eine Ansichtskarte aus Belgrad geschickt ... auch eine schöne Gegend! – Der Kopetzky hat's gut, der sitzt jetzt längst im Wirtshaus und raucht seine Virginia! ...

Was guckt mich denn der Kerl dort immer an? Mir scheint, der merkt, dass ich mich langweil' und nicht herg'hör ... Ich möcht' Ihnen raten, ein etwas weniger freches Gesicht zu machen, sonst stell' ich Sie mir nachher im Foyer! – Schaut schon weg! ... Dass sie alle vor meinem Blick so eine Angst hab'n ... »Du hast die schönsten Augen, die mir je vorgekommen sind!« hat neulich die Steffi gesagt ... O Steffi, Steffi, Steffi! – Die Steffi ist eigentlich schuld, dass ich dasitz' und mir stundenlang vorlamentieren lassen muss. – Ah, diese ewige Abschreiberei von der Steffi geht mir wirklich schon auf die Nerven! Wie schön hätt' der heutige Abend sein können. Ich hätt' große Lust, das Brieferl von der Steffi zu lesen. Da hab' ich's ja. Aber wenn ich die Brieftasche herausnehm', frisst mich der Kerl daneben auf! – Ich weiß ja, was drinsteht ... sie kann nicht kommen, weil sie mit »ihm« nachtmahlen gehen muss. ... Ah, das war komisch vor acht Tagen, wie sie mit ihm in der Gartenbaugesellschaft gewesen ist, und ich vis-à-vis mit'm Kopetzky; und sie hat mir immer die Zeichen gemacht mit den Augerln, die verabredeten. Er hat nichts gemerkt – unglaublich! Muss übrigens ein Jud' sein! Freilich, in einer Bank ist er, und der schwarze Schnurrbart ... Reservelieutenant soll er auch sein! Na, in mein Regiment sollt' er nicht zur Waffenübung kommen! Überhaupt, dass sie noch immer so viel Juden zu Offizieren machen – da pfeif ich auf'n ganzen Antisemitismus! Neulich in der Gesellschaft, wo die G'schicht' mit dem Doktor passiert ist bei den Mannheimers ... die Mannheimer selber sollen ja auch Juden sein, getauft natürlich ... denen merkt man's aber gar nicht an – besonders die Frau ... so blond, bildhübsch die Figur ... War sehr amüsant im ganzen. Famoses Essen, großartige Zigarren ... Na ja, wer hat's Geld? ...

Bravo, bravo! Jetzt wird's doch bald aus sein? – Ja, jetzt steht die ganze G'sellschaft da droben auf ... sieht sehr gut aus – imposant! – Orgel auch? ... Orgel hab' ich sehr gern ... So, das lass' ich mir g'falln – sehr schön! Es ist wirklich wahr, man sollt' öfter in Konzerte gehen ... Wunderschön ist's g'wesen, werd' ich dem Kopetzky sagen ... Werd' ich ihn heut' im Kaffeehaus treffen? – Ah, ich hab' gar keine Lust, in's Kaffeehaus zu geh'n; hab' mich gestern so gegiftet! Hundertsechzig Gulden auf einem Sitz verspielt – zu dumm! Und wer hat alles gewonnen? Der Ballert, grad' der, der's nicht notwendig hat ... Der Ballert ist eigentlich

schuld, dass ich in das blöde Konzert hab' geh'n müssen ...
Na ja, sonst hätt' ich heut' wieder spielen können, vielleicht
doch was zurückgewonnen. Aber es ist ganz gut, dass ich mir
selber das Ehrenwort gegeben hab', einen Monat lang keine
Karte anzurühren ... Die Mama wird wieder ein G'sicht ma- 5
chen, wenn sie meinen Brief bekommt! – Ah, sie soll zum
Onkel geh'n, der hat Geld wie Mist; auf die paar hundert
Gulden kommt's ihm nicht an. Wenn ich's nur durchsetzen
könnt', dass er mir eine regelmäßige Sustentation giebt ...
aber nein, um jeden Kreuzer muss man extra betteln. Dann 10
heißt's wieder: Im vorigen Jahr war die Ernte schlecht! ...
Ob ich heuer im Sommer wieder zum Onkel fahren soll auf
vierzehn Tag'? Eigentlich langweilt man sich dort zum Sterben ... Wenn ich die ... wie hat sie nur geheißen? ... Es ist
merkwürdig, ich kann mir keinen Namen merken! ... Ah, ja: 15
Etelka! ... Kein Wort deutsch hat sie verstanden, aber das
war auch nicht notwendig ... hab' gar nichts zu reden brauchen! ... Ja, es wird ganz gut sein, vierzehn Tage Landluft
und vierzehn Nächt' Etelka oder sonstwer ... Aber acht Tag'
sollt' ich doch auch wieder beim Papa und bei der Mama 20
sein ... Schlecht hat sie ausg'seh'n heuer zu Weihnachten ...
Na, jetzt wird die Kränkung schon überwunden sein. Ich an
ihrer Stelle wär' froh, dass der Papa in Pension gegangen ist.
– Und die Klara wird schon noch einen Mann kriegen ...
Der Onkel kann schon was hergeben ... Achtundzwanzig 25
Jahr', das ist doch nicht so alt ... Die Steffi ist sicher nicht
jünger ... Aber es ist merkwürdig: die Frauenzimmer er-
halten sich länger jung. Wenn man so bedenkt: die Maretti
neulich in der »Madame Sans-Gêne« – siebenunddreißig
Jahr ist sie sicher, und sieht aus ... Na, ich hätt' nicht nein 30
g'sagt! – Schad', dass sie mich nicht g'fragt hat ...

Heiß wird's! Noch immer nicht aus? Ah, ich freu' mich
so auf die frische Luft! Werd' ein bissl spazieren geh'n,
über'n Ring ... Heut' heißt's: früh ins Bett, morgen Nach-

mittag frisch sein! Komisch, wie wenig ich daran denk', so egal ist mir das! Das erste Mal hat's mich doch ein bissl aufgeregt. Nicht, dass ich Angst g'habt hätt'; aber nervos bin ich gewesen in der Nacht vorher ... Freilich, der Oberlieutenant Bisanz war ein ernster Gegner. – Und doch, nichts ist mir g'scheh'n! ... Auch schon anderthalb Jahr' her. Wie die Zeit vergeht! Und wenn mir der Bisanz nichts getan hat, der Doktor wird mir schon gewiss nichts tun! Obzwar, gerade diese ungeschulten Fechter sind manchmal die gefährlichsten. Der Doschintzky hat mir erzählt, dass ihn ein Kerl, der das erste Mal einen Säbel in der Hand gehabt hat, auf ein Haar abgestochen hätt'; und der Doschintzky ist heut' Fechtlehrer bei der Landwehr. Freilich – ob er damals schon soviel können hat ... Das Wichtigste ist: kaltes Blut. Nicht einmal einen rechten Zorn hab' ich mehr in mir, und es war doch eine Frechheit – unglaublich! Sicher hätt' er sich's nicht getraut, wenn er nicht Champagner getrunken hätt' vorher ... So eine Frechheit! Gewiss ein Sozialist! Die Rechtsverdreher sind doch heutzutag' alle Sozialisten! Eine Bande ... am liebsten möchten sie gleich 's ganze Militär abschaffen; aber wer ihnen dann helfen möcht', wenn die Chinesen über sie kommen, daran denken sie nicht. Blödisten! – Man muss gelegentlich ein Exempel statuieren. Ganz recht hab' ich g'habt. Ich bin froh, dass ich ihn nimmer auslassen hab' nach der Bemerkung. Wenn ich dran denk', werd' ich ganz wild! Aber ich hab' mich famos benommen; der Oberst sagt auch, es war absolut korrekt. Wird mir überhaupt nützen, die Sache. Ich kenn' manche, die den Burschen hätten durchschlüpfen lassen. Der Müller sicher, der wär' wieder objektiv gewesen oder so was. Mit dem Objektivsein hat sich noch jeder blamiert ... »Herr Lieutenant!« ... schon die Art, wie er »Herr Lieutenant« gesagt hat, war unverschämt! ... »Sie werden mir doch zugeben müssen« ... – Wie sind wir denn nur d'rauf gekommen? Wieso hab' ich mich mit dem Sozialisten in ein Gespräch eingelassen? Wie hat's denn nur angefangen? … Mir scheint, die schwarze Frau, die ich zum Buffet geführt hab', ist auch dabei gewesen … und dann dieser junge Mensch, der die Jagdbilder malt – wie heißt er denn nur? … Meiner Seel', der ist an der ganzen Geschichte schuld gewesen! Der hat von den Manövern geredet; und dann erst ist dieser Doktor dazugekommen und hat irgendwas g'sagt, was mir nicht gepasst hat, von Kriegsspielerei oder so was – aber wo ich noch nichts hab' reden können … Ja, und dann ist von den Kadettenschulen gesprochen worden … ja, so war's … und ich hab' von einem patriotischen Fest erzählt … und dann hat der Doktor gesagt – nicht gleich, aber aus dem Fest hat es sich entwickelt – »Herr Lieutenant, Sie werden mir doch zugeben, dass nicht alle Ihre Kameraden zum Militär gegangen sind, ausschließlich um das Vaterland zu verteidigen!« So eine Frechheit! Das wagt so ein Mensch einem Offizier in's Gesicht zu sagen! Wenn ich mich nur erinnern könnt', was ich d'rauf geantwortet hab'? … Ah ja, etwas von Leuten, die sich in Dinge dreinmengen, von denen sie nichts versteh'n … Ja, richtig … und dann war einer da, der hat die Sache gütlich beilegen wollen, ein älterer Herr mit einem Stockschnupfen … Aber ich war zu wütend! Der Doktor hat das absolut in dem Ton gesagt, als wenn er direkt mich gemeint hätt'. Er hätt' nur noch sagen müssen, dass sie mich aus dem Gymnasium hinausg'schmissen haben und dass ich deswegen in die Kadettenschul' gesteckt worden bin … Die Leut' können eben unserein'n nicht versteh'n, sie sind zu dumm dazu … Wenn ich mich so erinner', wie ich das erste Mal den Rock angehabt hab', sowas erlebt eben nicht ein jeder … Im vorigen Jahr' bei den Manövern – ich hätt' was drum gegeben, wenn's plötzlich Ernst gewesen wär' … Und der Mirovic hat mir g'sagt, es ist ihm ebenso gegangen. Und dann, wie

Seine Hoheit die Front abgeritten sind, und die Ansprache vom Obersten – da muss Einer schon ein ordentlicher Lump sein, wenn ihm das Herz nicht höher schlägt ... Und da kommt so ein Tintenfisch daher, der sein Lebtag nichts getan hat, als hinter den Büchern gesessen, und erlaubt sich eine freche Bemerkung! ... Ah, wart' nur, mein Lieber – bis zur Kampfunfähigkeit ... jawohl, Du sollst so kampfunfähig werden ...

Ja, was ist denn? Jetzt muss es doch bald aus sein? ... »Ihr, seine Engel, lobet den Herrn« ... – Freilich, das ist der Schlusschor ... Wunderschön, da kann man gar nichts sagen. Wunderschön! – Jetzt hab' ich ganz die aus der Loge vergessen, die früher zu kokettieren angefangen hat. Wo ist sie denn? ... Schon fortgegangen ... Die dort scheint auch sehr nett zu sein ... Zu dumm, dass ich keinen Operngucker bei mir hab'! Der Brunnthaler ist ganz gescheit, der hat sein Glas immer im Kaffeehaus bei der Kassa liegen, da kann einem nichts g'scheh'n ... Wenn sich die Kleine da vor mir nur einmal umdreh'n möcht'! So brav sitzt s' alleweil da. Das neben ihr ist sicher die Mama. – Ob ich nicht doch einmal ernstlich an's Heiraten denken soll? Der Willy war nicht älter als ich, wie er hineingesprungen ist. Hat schon was für sich, so immer gleich ein hübsches Weiberl zu Haus vorrätig zu haben ... Zu dumm, dass die Steffi grad heut' keine Zeit hat! Wenn ich wenigstens wüsste, wo sie ist, möcht' ich mich wieder vis-à-vis von ihr hinsetzen. Das wär' eine schöne G'schicht', wenn ihr der d'raufkommen möcht', da hätt' ich sie am Hals ... Wenn ich so denk', was dem Fließ sein Verhältnis mit der Winterfeld kostet! Und dabei betrügt sie ihn hinten und vorn. Das nimmt noch einmal ein Ende mit Schrecken ... Bravo, bravo! Ah, aus! ... So, das tut wohl, aufsteh'n können, sich rühren ... Na, vielleicht! Wie lang' wird der da noch brauchen, um sein Glas in's Futteral zu stecken? ...

»Pardon, pardon, wollen mich nicht hinauslassen?« ...

Ist das ein Gedränge! Lassen wir die Leut' lieber vorbei-
passieren ... Elegante Person ... ob das echte Brillanten
sind? ... Die da ist nett ... Wie sie mich anschaut! ... O ja,
mein Fräulein, ich möcht' schon! ... O, die Nase! – Jüdin ...
Noch eine ... Es ist doch fabelhaft, da sind auch die Hälfte
Juden ... nicht einmal ein Oratorium kann man mehr in
Ruhe genießen ... So, jetzt schließen wir uns an ... Warum
drängt denn der Idiot hinter mir? Das werd' ich ihm abge-
wöhnen ... Ah, ein älterer Herr! ... Wer grüßt mich denn
dort von drüben? ... Habe die Ehre, habe die Ehre! Keine
Ahnung hab' ich, wer das ist ... Das Einfachste wär', ich
ging gleich zum Leidinger hinüber nachtmahlen ... oder soll
ich in die Gartenbaugesellschaft? Am End' ist die Steffi auch
dort? Warum hat sie mir eigentlich nicht geschrieben, wohin
sie mit ihm geht? Sie wird's selber noch nicht gewusst haben. Eigentlich schrecklich, so eine abhängige Existenz ...
Armes Ding! – So, da ist der Ausgang ... Ah, die ist aber
bildschön! Ganz allein? Wie sie mich anlacht. Das wär' eine
Idee, der geh' ich nach! ... So, jetzt die Treppen hinunter ...
Oh, ein Major von Fünfundneunzig ... Sehr liebenswürdig
hat er gedankt ... Bin doch nicht der einzige Offizier herin
gewesen ... Wo ist denn das hübsche Mädel? Ah, dort ... am
Geländer steht sie ... So, jetzt heißt's noch zur Garderobe ...
Dass mir die Kleine nicht auskommt ... Hat ihm schon! So
ein elender Fratz! Lasst sich das von einem Herrn abholen,
und jetzt lacht sie noch auf mich herüber! – Es ist doch keine was wert ... Herrgott, ist das ein Gedränge bei der Garderobe! ... Warten wir lieber noch ein bisserl ... So! Ob der
Blödist meine Nummer nehmen möcht'? ...

»Sie, zweihundertvierundzwanzig! Da hängt er! Na,
hab'n Sie keine Augen? Da hängt er! Na, Gott sei Dank! ...
Also bitte!« ... Der Dicke da verstellt einem schier die ganze Garderobe ... »Bitte sehr!« ...

» »Geduld, Geduld!« «

Was sagt der Kerl?

» »Nur ein bisserl Geduld!« «

Dem muss ich doch antworten ... »Machen Sie doch
Platz!«

» »Na, Sie werden's auch nicht versäumen!« «

Was sagt er da? Sagt er das zu mir? Das ist doch stark!
Das kann ich mir nicht gefallen lassen! »Ruhig!«

» »Was meinen Sie?« «

Ah, so ein Ton! Da hört sich doch alles auf!

» »Stoßen Sie nicht!« «

»Sie, halten Sie das Maul!« Das hätt' ich nicht sagen sollen, ich war zu grob ... Na, jetzt ist's schon g'scheh'n!

» »Wie meinen?« «

Jetzt dreht er sich um ... Den kenn' ich ja! – Donnerwetter, das ist ja der Bäckermeister, der immer in's Kaffeehaus
kommt ... Was macht denn der da? Hat sicher auch eine
Tochter oder so was bei der Singakademie ... Ja, was ist
denn das? Ja, was macht er denn? Mir scheint gar ... ja,
meiner Seel', er hat den Griff von meinem Säbel in der
Hand ... Ja, ist der Kerl verrückt? ... »Sie, Herr ...«

» »Sie, Herr Lieutenant, sein S' jetzt ganz stad.« «

Was sagt er da? Um Gotteswillen, es hat's doch keiner
gehört? Nein, er red't ganz leise ... Ja, warum lasst er denn
meinen Säbel net aus? ... Herrgott noch einmal ... Ah, da
heißt's rabiat sein ... ich bring' seine Hand vom Griff nicht
weg ... nur keinen Skandal jetzt! ... Ist nicht am End' der
Major hinter mir? ... Bemerkt's nur niemand, dass er den
Griff von meinem Säbel hält? Er red't ja zu mir! Was red't
er denn?

» »Herr Lieutenant, wenn Sie das geringste Aufsehen machen, so zieh' ich den Säbel aus der Scheide, zerbrech' ihn
und schick' die Stück' an Ihr Regimentskommando. Versteh'n Sie mich, Sie dummer Bub?« «

Was hat er g'sagt? Mir scheint, ich träum'! Red't er wirklich zu mir? Ich sollt' was antworten ... Aber der Kerl macht ja Ernst – der zieht wirklich den Säbel heraus. Herrgott – er tut's! ... Ich spür's, er reißt schon dran! Was red't er denn? ... Um Gotteswillen, nur kein' Skandal – – Was red't er denn noch immer?

» »Aber ich will Ihnen die Karriere nicht verderben ... Also, schön brav sein! ... So, hab'n S' keine Angst, 's hat niemand was gehört ... es ist schon alles gut ... so! Und damit keiner glaubt, dass wir uns gestritten haben, werd' ich jetzt sehr freundlich mit Ihnen sein! – Habe die Ehre, Herr Lieutenant, hat mich sehr gefreut – habe die Ehre!« «

Um Gotteswillen, hab' ich geträumt? ... Hat er das wirklich gesagt? ... Wo ist er denn? ... Da geht er ... Ich müsst' ja den Säbel ziehen und ihn zusammenhauen – – Um Gotteswillen, es hat's doch niemand gehört? ... Nein, er hat ja nur ganz leise geredet, mir in's Ohr ... Warum geh' ich denn nicht hin und hau' ihm den Schädel auseinander? ... Nein, es geht ja nicht, es geht ja nicht ... gleich hätt' ich's tun müssen ... Warum hab' ich's denn nicht gleich getan? ... Ich hab's ja nicht können ... er hat ja den Griff nicht auslassen, und er ist zehnmal stärker als ich ... Wenn ich noch ein Wort gesagt hätt', hätt' er mir wirklich den Säbel zerbrochen ... Ich muss ja noch froh sein, dass er nicht laut geredet hat! Wenn's ein Mensch gehört hätt', so müsst' ich mich ja stante pede erschießen ... Vielleicht ist es doch ein Traum gewesen ... Warum schaut mich denn der Herr dort an der Säule so an? – hat der am End' was gehört? ... Ich werd' ihn fragen ... Fragen? – Ich bin ja verrückt! – Wie schau' ich denn aus? – Merkt man mir was an? – Ich muss ganz blass sein. – Wo ist der Hund? ... Ich muss ihn umbringen! ... Fort ist er ... Überhaupt schon ganz leer ... Wo ist denn mein Mantel? ... Ich hab' ihn ja schon angezogen ... Ich hab's gar nicht gemerkt ... Wer hat mir denn gehol-

fen? ... Ah, der da ... dem muss ich ein Sechserl geben ...
So! ... Aber was ist denn das? Ist es denn wirklich gescheh'n? Hat wirklich einer so zu mir geredet? Hat mir
wirklich einer »dummer Bub« gesagt? Und ich hab' ihn
5 nicht auf der Stelle zusammengehauen? ... Aber ich hab' ja
nicht können ... er hat ja eine Faust gehabt wie Eisen ... ich
bin ja dagestanden wie angenagelt ... Nein, ich muss den
Verstand verloren gehabt haben, sonst hätt' ich mit der anderen Hand ... Aber da hätt' er ja meinen Säbel herausge-
10 zogen und zerbrochen, und aus wär's gewesen – Alles wär'
aus gewesen! Und nachher, wie er fortgegangen ist, war's
zu spät ... ich hab' ihm doch nicht den Säbel von hinten in
den Leib rennen können ...

Was, ich bin schon auf der Straße? Wie bin ich denn da
15 herausgekommen? – So kühl ist es ... ah, der Wind, der ist
gut ... Wer ist denn das da drüben? Warum schau'n denn
die zu mir herüber? Am End' haben die was gehört ...
Nein, es kann niemand was gehört haben ... ich weiß ja, ich
hab' mich gleich nachher umgeschaut! Keiner hat sich um
20 mich gekümmert, niemand hat was gehört ... Aber gesagt
hat er's, wenn's auch niemand gehört hat; gesagt hat er's
doch. Und ich bin dagestanden und hab' mir's gefallen lassen, wie wenn mich einer vor den Kopf geschlagen hätt'! ...
Aber ich hab' ja nichts sagen können, nichts tun können; es
25 war ja noch das einzige, was mir übrig geblieben ist: stad
sein, stad sein! ... 's ist fürchterlich, es ist nicht zum Aus-
halten; ich muss ihn totschlagen, wo ich ihn treff'! ... Mir
sagt das einer! Mir sagt das so ein Kerl, so ein Hund! Und
er kennt mich ... Herrgott noch einmal, er kennt mich, er
30 weiß, wer ich bin! ... Er kann jedem Menschen erzählen,
dass er mir das g'sagt hat! ... Nein, nein, das wird er ja
nicht tun, sonst hätt' er auch nicht so leise geredet ... er hat
auch nur wollen, dass ich es allein hör'! ... Aber wer garan-
tiert mir, dass er's nicht doch erzählt, heut' oder morgen,

seiner Frau, seiner Tochter, seinen Bekannten im Kaffeehaus. -- Um Gotteswillen, morgen seh' ich ihn ja wieder!
Wenn ich morgen in's Kaffeehaus komm', sitzt er wieder
dort wie alle Tag' und spielt seinen Tapper mit dem Herrn
Schlesinger und mit dem Kunstblumenhändler ... Nein,
nein, das geht ja nicht, das geht ja nicht ... Wenn ich ihn
seh', so hau' ich ihn zusammen ... Nein, das darf ich ja
nicht ... gleich hätt' ich's tun müssen, gleich! ... Wenn's nur
gegangen wär'! ... Ich werd' zum Obersten gehn und ihm
die Sache melden ... ja, zum Obersten ... Der Oberst ist
immer sehr freundlich – und ich werd' ihm sagen: Herr
Oberst, ich melde gehorsamst, er hat den Griff gehalten, er
hat ihn nicht aus'lassen; es war genau so, als wenn ich ohne
Waffe gewesen wäre ... – Was wird der Oberst sagen? –
Was er sagen wird? – Aber da giebt's ja nur eins: quittieren
mit Schimpf und Schand' – quittieren! ... Sind das Freiwillige da drüben? ... Ekelhaft, bei der Nacht schau'n sie aus,
wie Offiziere ... sie salutieren! – Wenn die wüssten – wenn
die wüssten! ... – Da ist das Café Hochleitner ... Sind jetzt
gewiss ein paar Kameraden drin ... vielleicht auch einer
oder der andere, den ich kenn' ... Wenn ich's dem ersten
Besten erzählen möcht', aber so, als wär's einem andern
passiert? ... – Ich bin ja schon ganz irrsinnig ... Wo lauf'
ich denn da herum? Was tu' ich denn auf der Straße? – Ja,
aber wo soll ich denn hin? Hab' ich nicht zum Leidinger
wollen? Haha, unter Menschen mich niedersetzen ... ich
glaub', ein jeder müsst mir's anseh'n ... Ja, aber irgendwas
muss doch gescheh'n ... Was soll denn gescheh'n? ...
Nichts, nichts – es hat ja niemand was gehört ... es weiß ja
niemand was ... in dem Moment weiß niemand was ...
Wenn ich jetzt zu ihm in die Wohnung ginge und ihn be-
schwören möchte, dass er's niemandem erzählt? ... – Ah,
lieber gleich eine Kugel vor den Kopf, als sowas! ... Wär'
so das Gescheiteste! ... Das Gescheiteste? Das Gescheites-

te? – Giebt ja überhaupt nichts anderes ... giebt nichts anderes ... Wenn ich den Oberst fragen möcht', oder den Kopetzky – oder den Blany – oder den Friedmaier – Jeder
möcht' sagen: Es bleibt Dir nichts anderes übrig! ... Wie
wär's, wenn ich mit dem Kopetzky spräch'? ... Ja, es wär'
doch das Vernünftigste ... schon wegen morgen ... Ja, natürlich – wegen morgen ... um vier in der Reiterkasern' ...
ich soll mich ja morgen um vier Uhr schlagen ... und ich
darf's ja nimmer, ich bin satisfaktionsunfähig ... Unsinn!
Unsinn! Kein Mensch weiß was, kein Mensch weiß was! –
Es laufen viele herum, denen ärgere Sachen passiert sind,
als mir ... Was hat man nicht alles von dem Deckener erzählt, wie er sich mit dem Rederow geschossen hat ... und
der Ehrenrat hat entschieden, das Duell darf stattfinden ...
Aber wie möcht' der Ehrenrat bei mir entscheiden? –
Dummer Bub – dummer Bub ... und ich bin dagestanden –! heiliger Himmel, es ist doch ganz egal, ob ein anderer was weiß! ... Ich weiß es doch, und das ist die Haupt-
sache! Ich spür', dass ich jetzt wer anderer bin, als vor
einer Stunde – ich weiß, dass ich satisfaktionsunfähig bin,
und darum muss ich mich totschießen ... Keine ruhige Mi-
nute hätt' ich mehr im Leben ... immer hätt' ich die Angst,
dass es doch einer erfahren könnt', so oder so ... und dass
mir's einer einmal in's Gesicht sagt, was heut' Abend gescheh'n ist! – Was für ein glücklicher Mensch bin ich vor
einer Stund' gewesen ... Muss mir der Kopetzky die Karte
schenken – und die Steffi muss mir absagen, das Mensch! –
Von sowas hängt man ab ... Nachmittag war noch alles gut
und schön, und jetzt bin ich ein verlorener Mensch und
muss mich totschießen ... Warum renn' ich denn so? Es
lauft mir ja nichts davon ... Wieviel schlagt's denn? ... 1, 2,
3, 4, 5, 6, 7, 8, 9, 10, 11 ... elf, elf ... ich sollt' doch nachtmahlen geh'n! Irgendwo muss ich doch schließlich hin-
geh'n ... ich könnt' mich ja in irgend ein Beisl setzen, wo

mich kein Mensch kennt – schließlich, essen muss der Mensch, auch wenn er sich nachher gleich totschießt ... Haha, der Tod ist ja kein Kinderspiel ... wer hat das nur neulich gesagt? ... Aber das ist ja ganz egal ...

Ich möcht' wissen, wer sich am meisten kränken 5 möcht'? ... die Mama, oder die Steffi? ... die Steffi ... Gott, die Steffi ... die dürft' sich ja nicht einmal was anmerken lassen, sonst giebt »er« ihr den Abschied ... Arme Person! – Beim Regiment – kein Mensch hätt' eine Ahnung, warum ich's getan hab' ... sie täten sich alle den Kopf zerbrechen ... 10 warum hat sich denn der Gustl umgebracht? – Darauf möcht' keiner kommen, dass ich mich hab' totschießen müssen, weil ein elender Bäckermeister, so ein niederträchtiger, der zufällig stärkere Fäust' hat ... es ist ja zu dumm, zu dumm! – Deswegen soll ein Kerl wie ich, so ein junger, 15 fescher Mensch ... Ja, nachher möchten's gewiss alle sagen: das hätt' er doch nicht tun müssen, wegen so einer Dummheit; ist doch schad'! ... Aber wenn ich jetzt wen immer fragen tät', jeder möcht' mir die gleiche Antwort geben ... und ich selber, wenn ich mich frag' ... das ist doch zum Teufel- 20 holen ... ganz wehrlos sind wir gegen die Zivilisten ... Da meinen die Leut', wir sind besser dran, weil wir einen Säbel haben ... und wenn schon einmal einer von der Waffe Gebrauch macht, geht's über uns her, als wenn wir alle die geborenen Mörder wären ... In der Zeitung möcht's auch 25 stehn: ... »Selbstmord eines jungen Offiziers« ... Wie schreiben sie nur immer? ... »Die Motive sind in Dunkel gehüllt« ... Haha! ... »An seinem Sarge trauern« ... – Aber es ist ja wahr ... mir ist immer, als wenn ich mir eine Geschichte erzählen möcht' ... aber es ist wahr ... ich muss 30 mich umbringen, es bleibt mir ja nichts anderes übrig – ich kann's ja nicht d'rauf ankommen lassen, dass morgen früh der Kopetzky und der Blany mir ihr Mandat zurückgeben und mir sagen: wir können Dir nicht sekundieren! ... Ich

wär' ja ein Schuft, wenn ich's ihnen zumuten möcht' ... So
ein Kerl wie ich, der dasteht und sich einen dummen Buben
heißen lässt ... morgen wissen's ja alle Leut' ... das ist zu
dumm, dass ich mir einen Moment einbilde, so ein Mensch
erzählt's nicht weiter ... überall wird er's erzählen ... seine
Frau weiß's jetzt schon ... morgen weiß es das ganze Kaffeehaus ... die Kellner werd'n's wissen ... der Herr Schlesinger – die Kassierin – – Und selbst, wenn er sich vorgenommen hat, er red't nicht davon, so sagt er's übermorgen ... und wenn er's übermorgen nicht sagt, in einer
Woche ... Und wenn ihn heut' Nacht der Schlag trifft, so
weiß ich's ... ich weiß es ... und ich bin nicht der Mensch,
der weiter den Rock trägt und den Säbel, wenn ein solcher
Schimpf auf ihm sitzt! ... So, ich muss es tun, und Schluss!
– Was ist weiter dabei? – Morgen Nachmittag könnt' mich
der Doktor mit'm Säbel erschlagen ... sowas ist schon einmal dagewesen ... und der Bauer, der arme Kerl, der hat
eine Gehirnentzündung 'kriegt und war in drei Tagen hin ...
und der Brenitsch ist vom Pferd gestürzt und hat sich's Ge-
nick gebrochen ... und schließlich und endlich: es giebt
nichts anderes – für mich nicht, für mich nicht! – Es giebt ja
Leut', die's leichter nähmen ... Gott, was giebt's für Menschen! ... Dem Ringeimer hat ein Fleischselcher, wie er ihn
mit seiner Frau erwischt hat, eine Ohrfeige gegeben, und er
hat quittiert und sitzt irgendwo auf'm Land und hat gehei-
ratet ... Dass es Weiber giebt, die so einen Menschen heiraten! ... – Meiner Seel', ich gäb' ihm nicht die Hand, wenn er
wieder nach Wien käm' ... Also, hast's gehört, Gustl: – aus,
aus, abgeschlossen mit dem Leben! Punktum und Streusand
drauf! ... So, jetzt weiß ich's, die Geschichte ist ganz einfach ... So! Ich bin eigentlich ganz ruhig ... Das hab' ich
übrigens immer gewusst: wenn's einmal dazu kommt, werd'
ich ruhig sein, ganz ruhig ... aber dass es so dazu kommt,
das hab' ich doch nicht gedacht ... dass ich mich umbringen

muss, weil so ein ... Vielleicht hab' ich ihn doch nicht recht verstanden ... am End' hat er ganz was anderes gesagt ... Ich war ja ganz blöd von der Singerei und der Hitz' ... vielleicht bin ich verrückt gewesen, und es ist alles gar nicht wahr? ... Nicht wahr, haha, nicht wahr! – Ich hör's ja noch ... es klingt mir noch immer im Ohr ... und ich spür's in den Fingern, wie ich seine Hand vom Säbelgriff hab' wegbringen wollen ... Ein Kraftmensch ist er, ein Jagendorfer ... Ich bin doch auch kein Schwächling ... der Franziski ist der einzige im Regiment, der stärker ist als ich ...

Die Aspernbrücke ... Wie weit renn' ich denn noch? – Wenn ich so weiterrenn', bin ich um Mitternacht in Kagran ... Haha! – Herrgott, froh sind wir gewesen, wie wir im vorigen September dort eingerückt sind. Noch zwei Stunden, und Wien ... totmüd' war ich, wie wir angekommen sind ... den ganzen Nachmittag hab' ich geschlafen wie ein Stock, und am Abend waren wir schon beim Ronacher ... der Kopetzky, der Ladinser und ... wer war denn nur noch mit uns? – Ja, richtig, der Freiwillige, der uns auf dem Marsch die jüdischen Anekdoten erzählt hat ... Manchmal sind's ganz nette Burschen, die Einjährigen ... aber sie sollten alle nur Stellvertreter werden – denn was hat das für einen Sinn? Wir müssen uns jahrelang plagen, und so ein Kerl dient ein Jahr und hat genau dieselbe Distinktion wie wir ... es ist eine Ungerechtigkeit! – Aber was geht mich denn das alles an? – Was scheer' ich mich denn um solche Sachen? – Ein Gemeiner von der Verpflegsbranche ist ja jetzt mehr als ich ... ich bin ja überhaupt nicht mehr auf der Welt ... es ist ja aus mit mir ... Ehre verloren, alles verloren! ... Ich hab' ja nichts anderes zu tun, als meinen Revolver zu laden und ... Gustl, Gustl, mir scheint, Du glaubst noch immer nicht recht dran? Komm' nur zur Besinnung ... es giebt nichts anderes ... wenn Du auch Dein Gehirn zermarterst, es giebt nichts anderes! – Jetzt heißt's nur mehr, im letzten Moment sich anständig benehmen, ein Mann sein, ein Offizier sein, so dass der Oberst sagt: Er ist ein braver Kerl gewesen, wir werden ihm ein treues Angedenken bewahren! ... Wieviel Kompagnieen rücken denn aus beim Leichenbegängnis von einem Lieutenant? ... Das müsst' ich eigentlich wissen ... Haha! wenn das ganze Bataillon ausrückt, oder die ganze Garnison, und sie feuern zwanzig Salven ab, davon wach' ich doch nimmer auf! – Vor dem Kaffeehaus, da bin ich im vorigen Sommer einmal mit dem Herrn von Engel gesessen, nach der Armee-Steeple-Chase ... Komisch, den Menschen hab' ich seitdem nie wieder gesehn ... Warum hat er denn das linke Aug' verbunden gehabt? Ich hab' ihn immer drum fragen wollen, aber es hätt' sich nicht gehört ... Da gehn zwei Artilleristen ... die denken gewiss, ich steig' der Person nach ... Muss sie mir übrigens ansehn ... O schrecklich! – ich möcht' nur wissen, wie sich so eine ihr Brot verdient ... da möcht' ich doch eher ... Obzwar, in der Not frisst der Teufel Fliegen ... in Przemysl – mir hat's nachher so gegraut, dass ich gemeint hab', nie wieder rühr' ich ein Frauenzimmer an ... Das war eine grässliche Zeit da oben in Galizien ... eigentlich ein Mordsglück, dass wir nach Wien gekommen sind. Der Bokorny sitzt noch immer in Sambor und kann noch zehn Jahr' dort sitzen und alt und grau werden ... Aber wenn ich dort geblieben wär', wär' mir das nicht passiert, was mir heut' passiert ist ... und ich möcht' lieber in Galizien alt und grau werden, als dass ... als was? als was? – Ja, was ist denn? was ist denn? – Bin ich denn wahnsinnig, dass ich das immer vergess'? – Ja, meiner Seel', vergessen tu' ich's jeden Moment ... ist das schon je erhört worden, dass sich einer in ein paar Stunden eine Kugel durch'n Kopf jagen muss, und er denkt an alle möglichen Sachen, die ihn gar nichts mehr angehn? Meiner Seel', mir ist gerade so, als wenn ich einen Rausch hätt'! Haha! ein

schöner Rausch! ein Mordsrausch! ein Selbstmordsrausch!
– Ha! Witze mach' ich, das ist sehr gut! – Ja, ganz gut aufgelegt bin ich – sowas muss doch angeboren sein ... Wahrhaftig, wenn ich's einem erzählen möcht', er würd' es nicht
glauben. – Mir scheint, wenn ich das Ding bei mir hätt' ...   5
jetzt würd' ich abdrücken – in einer Sekunde ist alles vorbei ... Nicht jeder hat's so gut – andere müssen sich mona-
telang plagen ... meine arme Cousin', zwei Jahr' ist sie gelegen, hat sich nicht rühren können, hat die grässlichsten
Schmerzen g'habt – so ein Jammer! ... Ist es nicht besser,   10
wenn man das selber besorgt? Nur Obacht geben heißt's,
gut zielen, dass einem nicht am End' das Malheur passiert,
wie dem Kadett-Stellvertreter im vorigen Jahr ... Der arme
Teufel, gestorben ist er nicht, aber blind ist er geworden ...
Was mit dem nur geschehen ist? Wo er jetzt lebt? –   15
Schrecklich, so herumlaufen, wie der – das heißt: herumlaufen kann er nicht, g'führt muss er werden – so ein junger
Mensch, kann heut' noch keine Zwanzig sein ... seine Geliebte hat er besser getroffen ... gleich war sie tot ... Unglaublich, weswegen sich die Leut' totschießen! Wie kann   20
man überhaupt nur eifersüchtig sein? ... Mein Lebtag hab'
ich sowas nicht gekannt ... Die Steffi ist jetzt gemütlich in
der Gartenbaugesellschaft; dann geht sie mit »ihm« nach
Haus ... Nichts liegt mir dran, gar nichts! Hübsche Einrichtung hat sie – das kleine Badezimmer mit der roten La-   25
tern'. – Wie sie neulich in dem grünseidenen Schlafrock
hereingekommen ist ... den grünen Schlafrock werd' ich
auch nimmer seh'n – und die ganze Steffi auch nicht ... und
die schöne, breite Treppe in der Gußhausstraße werd' ich
auch nimmer hinaufgeh'n ... Das Fräulein Steffi wird sich   30
weiter amüsieren, als wenn gar nichts gescheh'n wär' ...
nicht einmal erzählen darf sie's wem, dass ihr lieber Gustl
sich umgebracht hat ... Aber weinen wird s' schon – ah ja,
weinen wird s' ... Überhaupt, weinen werden gar viele

Leut' ... Um Gotteswillen, die Mama! – Nein, nein, daran
darf ich nicht denken. – Ah, nein, daran darf absolut nicht
gedacht werden ... An Zuhaus wird nicht gedacht, Gustl,
verstanden ? – nicht mit dem allerleisesten Gedanken ...

5 Das ist nicht schlecht, jetzt bin ich gar im Prater ... mitten in der Nacht ... das hätt' ich mir auch nicht gedacht in
der Früh, dass ich heut' Nacht im Prater spazieren gehn
werd' ... Was sich der Sicherheitswachmann dort denkt? ...
Na, geh'n wir nur weiter ... es ist ganz schön ... Mit'm
10 Nachtmahlen is 's eh' nichts, mit dem Kaffeehaus auch
nichts; die Luft ist angenehm, und ruhig ist es ... sehr ...
Zwar, ruhig werd' ich's jetzt bald haben, so ruhig, als ich's
mir nur wünschen kann. Haha! – aber ich bin ja ganz außer
Atem ... ich bin ja gerannt wie nicht g'scheit ... langsamer,
15 langsamer, Gustl, versäumst nichts, hast gar nichts mehr zu
tun – gar nichts, aber absolut nichts mehr! – Mir scheint
gar, ich fröstel'? – Es wird halt doch die Aufregung sein ...
dann hab' ich ja nichts gegessen ... Was riecht denn da so
eigentümlich? ... es kann doch noch nichts blühen? ... Was
20 haben wir denn heut'? – den vierten April ... freilich, es hat
viel geregnet in den letzten Tagen ... aber die Bäume sind
beinah' noch ganz kahl ... und dunkel ist es, hu! man
könnt' schier Angst kriegen ... Das ist eigentlich das einzige Mal in meinem Leben, dass ich Furcht gehabt hab', als
25 kleiner Bub, damals im Wald ... aber ich war ja gar nicht so
klein ... vierzehn oder fünfzehn ... Wie lang' ist das jetzt
her? – neun Jahr' ... freilich – mit achtzehn war ich Stellvertreter, mit zwanzig Lieutenant ... und im nächsten Jahr
werd' ich ... Was werd' ich im nächsten Jahr? Was heißt das
30 überhaupt: nächstes Jahr? Was heißt das: in der nächsten
Woche? Was heißt das: übermorgen? ... Wie? Zähneklap-
pern? Oho! – Na, lassen wir's nur ein bissl klappern ...
Herr Lieutenant, Sie sind jetzt allein, brauchen niemandem
einen Pflanz vorzumachen ... es ist bitter, es ist bitter ...

Ich will mich auf die Bank setzen ... Ah! – wie weit bin ich denn da? – So eine Dunkelheit! Das da hinter mir, das muss das zweite Kaffeehaus sein ... bin ich im vorigen Sommer auch einmal gewesen, wie unsere Kapelle konzertiert hat ... mit'm Kopetzky und mit'm Rüttner – noch ein paar waren dabei ... – Ich bin aber müd' ... nein, ich bin müd', als wenn ich einen Marsch von zehn Stunden gemacht hätt' ... Ja, das wär' sowas, da einschlafen. – Ha! ein obdachloser Lieutenant ... Ja, ich sollt' doch eigentlich nach Haus ... was tu' ich denn zu Haus? aber was tu' ich denn im Prater? – Ah, mir wär' am liebsten, ich müsst' gar nicht aufstehn – da einschlafen und nimmer aufwachen ... ja, das wär' halt bequem! – Nein, so bequem wird's Ihnen nicht gemacht, Herr Lieutenant ... Aber wie und wann? – Jetzt könnt' ich mir doch endlich einmal die Geschichte ordentlich überlegen ... überlegt muss ja alles werden ... so ist es schon einmal im Leben ... Also überlegen wir ... Was denn? ... – Nein, ist die Luft gut ... man sollt' öfters bei der Nacht in' Prater gehn ... Ja, das hätt' mir eben früher einfallen müssen, jetzt is't's aus mit'm Prater, mit der Luft und mit'm Spazierengehn ... Ja, also was ist denn? – Ah, fort mit dem Kappl; mir scheint, das drückt mir auf's Gehirn ... ich kann ja gar nicht ordentlich denken ... Ah ... so! ... also jetzt Verstand zusammennehmen, Gustl ... letzte Verfügungen treffen! Also morgen früh wird Schluss gemacht ... morgen früh um sieben Uhr ... sieben Uhr ist eine schöne Stund'. Haha! – also um acht, wenn die Schul' anfangt, ist alles vorbei ... der Kopetzky wird aber keine Schul' halten können, weil er zu sehr erschüttert sein wird ... Aber vielleicht weiß er's noch gar nicht ... man braucht ja nichts zu hören ... Den Max Lippay haben sie auch erst am Nachmittag gefunden, und in der Früh' hat er sich erschossen, und kein Mensch hat was davon gehört ... Aber was geht mich das an, ob der Kopetzky Schul' halten wird oder nicht? ... Ha! – also um sieben Uhr! – Ja ... na, was denn noch? ... Weiter ist ja nichts zu überlegen. Im Zimmer schieß' ich mich tot, und dann is basta! Montag ist die Leich' ... Einen kenn' ich, der wird eine Freud' haben: das ist der Doktor ... Duell kann nicht stattfinden wegen Selbstmord des einen Kombattanten ... Was sie bei Mannheimers sagen werden? – Na, er wird sich nicht viel draus machen ... aber die Frau, die hübsche, blonde ... mit der war was zu machen ... O ja, mir scheint, bei der hätt' ich Chance gehabt, wenn ich mich nur ein bissl zusammengenommen hätt' ... ja, das wär' doch was anders gewesen, als die Steffi, dieses Mensch ... Aber faul darf man halt nicht sein ... da heißt's: Kour machen, Blumen schicken, vernünftig reden ... das geht nicht so, dass man sagt: Komm' morgen Nachmittag zu mir in die Kasern'! ... Ja, so eine anständige Frau, das wär' halt was g'wesen ... Die Frau von meinem Hauptmann in Przemysl, das war ja doch keine anständige Frau ... ich könnt' schwören: der Libitzky und der Wermutek und der schäbige Stellvertreter, der hat sie auch g'habt ... Aber die Frau Mannheimer ... ja, das wär' was anders, das wär' doch auch ein Umgang gewesen, das hätt' einen beinah' zu einem andern Menschen gemacht – da hätt' man doch noch einen andern Schliff gekriegt – da hätt' man einen Respekt vor sich selber haben dürfen ... Aber ewig diese Menscher ... und so jung hab' ich ang'fangen – ein Bub war ich ja noch, wie ich damals den ersten Urlaub gehabt hab' und in Graz bei den Eltern zu Haus war ... der Riedl war auch dabei – eine Böhmin ist es gewesen ... die muss doppelt so alt gewesen sein, wie ich – in der Früh bin ich erst nach Haus gekommen ... Wie mich der Vater ang'schaut hat ... und die Klara ... Vor der Klara hab' ich mich am meisten g'schämt ... Damals war sie verlobt ... warum ist denn nichts draus geworden? Ich hab' mich eigentlich nicht viel drum gekümmert ... Armes Hascherl, hat auch nie Glück gehabt – und jetzt verliert sie noch den einzigen Bruder ... Ja, wirst mich nimmer seh'n, Klara – aus! Was, das hast Du Dir nicht gedacht, Schwesterl, wie Du mich am Neujahrstag zur Bahn begleitet hast, dass Du mich nie wieder seh'n wirst? – Und die Mama ... Herrgott, die Mama ... nein, ich darf daran nicht denken ... wenn ich daran denk', bin ich imstand, eine Gemeinheit zu begehen. ... Ah ... wenn ich zuerst noch nach Haus fahren möcht' ... sagen, es ist ein Urlaub auf einen Tag ... noch einmal den Papa, die Mama, die Klara seh'n, bevor ich einen Schluss mach' ... Ja, mit dem ersten Zug um sieben kann ich nach Graz fahren, um eins bin ich dort ... Grüß' Dich Gott, Mama ... Servus, Klara! Na, wie geht's Euch denn? ... Nein, das ist eine Überraschung! ... Aber sie möchten was merken ... wenn niemand anders ... die Klara ... die Klara gewiss ... Die Klara ist ein so gescheites Mädel ... Wie lieb sie mir neulich geschrieben hat, und ich bin ihr noch immer die Antwort schuldig – und die guten Ratschläge, die sie mir immer giebt ... ein so seelengutes Geschöpf ... Ob nicht alles ganz anders geworden wär', wenn ich zu Haus geblieben wär'? Ich hätt' Ökonomie studiert, wär' zum Onkel gegangen ... sie haben's ja alle wollen, wie ich noch ein Bub war ... Jetzt wär' ich am End' schon verheiratet, ein liebes, gutes Mädel ... vielleicht die Anna, die hat mich so gern gehabt ... auch jetzt hab' ich's noch gemerkt, wie ich das letzte Mal zu Haus war, obzwar sie schon einen Mann hat und zwei Kinder ... ich hab's g'seh'n, wie sie mich ang'schaut hat ... Und noch immer sagt sie mir »Gustl« wie früher ... Der wird's ordentlich in die Glieder fahren, wenn sie erfährt, was es mit mir für ein End' genommen hat – aber ihr Mann wird sagen: Das hab' ich vorausgesehen – so ein Lump! – Alle werden meinen, es ist, weil ich Schulden gehabt hab' ... und es ist doch gar nicht wahr, es ist doch alles gezahlt ... nur die letzten hun-

dertsechzig Gulden – na, und die sind morgen da ... Ja,
dafür muss ich auch noch sorgen, dass der Ballert die hundertsechzig Gulden kriegt ... das muss ich niederschreiben,
bevor ich mich erschieß' ... Es ist schrecklich, es ist
schrecklich! ... Wenn ich lieber auf und davon fahren
möcht'! – nach Amerika, wo mich niemand kennt ... In
Amerika weiß kein Mensch davon, was hier heut' Abend
gescheh'n ist ... da kümmert sich kein Mensch drum ...
Neulich ist in der Zeitung gestanden von einem Grafen
Runge, der hat fortmüssen wegen einer schmutzigen Geschichte, und jetzt hat er drüben ein Hotel und pfeift auf
den ganzen Schwindel ... Und in ein paar Jahren könnt'
man ja wieder zurück ... nicht nach Wien natürlich ... auch
nicht nach Graz ... aber auf's Gut könnt' ich ... und der
Mama und dem Papa und der Klara möcht's doch tausend-
mal lieber sein, wenn ich nur lebendig blieb' ... Und was
geh'n mich denn die andern Leut' an? Wer meint's denn
sonst gut mit mir? – Außer'm Kopetzky könnt' ich allen
gestohlen werden ... der Kopetzky ist doch der einzige ...
Und grad der hat mir heut' das Billet geben müssen ... und
das Billet ist an allem schuld ... ohne das Billet wär' ich
nicht in's Konzert gegangen, und alles das wär' nicht passiert ... Was ist denn nur passiert? ... Es ist grad, als wenn
hundert Jahr' seitdem vergangen wären, und es kann noch
keine zwei Stunden sein ... Vor zwei Stunden hat mir einer
»dummer Bub« gesagt und hat meinen Säbel zerbrechen
wollen ... Herrgott, ich fang' noch zu schreien an mitten in
der Nacht! Warum ist denn das alles gescheh'n? Hätt' ich
nicht länger warten können, bis ganz leer wird in der Garderobe? Und warum hab' ich ihm denn nur gesagt: »Halten
Sie's Maul!« Wie ist mir denn das nur ausgerutscht? Ich bin
doch sonst ein höflicher Mensch ... nicht einmal mit meinem Burschen bin ich sonst so grob ... aber natürlich, nervos bin ich gewesen – alle die Sachen, die da zusammenge-

kommen sind … das Pech im Spiel und die ewige Absagerei von der Steffi – und das Duell morgen Nachmittag – und zu wenig schlafen tu' ich in der letzten Zeit – und die Rackerei in der Kasern' – das halt' man auf die Dauer nicht aus! … Ja, über kurz oder lang wär' ich krank geworden – hätt' um einen Urlaub einkommen müssen … Jetzt ist es nicht mehr notwendig – jetzt kommt ein langer Urlaub – mit Karenz der Gebühren – haha! …

Wie lang werd' ich denn da noch sitzen bleiben? Es muss Mitternacht vorbei sein … hab' ich's nicht früher schlagen hören? – Was ist denn das … ein Wagen fährt da? Um die Zeit? Gummiradler – kann mir schon denken … Die haben's besser wie ich – vielleicht ist es der Ballert mit der Bertha … Warum soll's grad der Ballert sein? – Fahr' nur zu! – Ein hübsches Zeug'l hat Seine Hoheit in Przemysl gehabt … mit dem ist er immer in die Stadt hinunterg'fahren zu der Rosenberg … Sehr leutselig war Seine Hoheit – ein echter Kamerad, mit allen auf Du und Du … War doch eine schöne Zeit … obzwar … die Gegend war trostlos und im Sommer zum verschmachten … an einem Nachmittag sind einmal drei vom Sonnenstich getroffen worden … auch der Korporal von meinem Zug – ein so verwendbarer Mensch … Nachmittag haben wir uns nackt auf's Bett hingelegt. – Einmal ist plötzlich der Wiesner zu mir hereingekommen; ich muss grad geträumt haben und steh' auf und zieh' den Säbel, der neben mir liegt … muss gut ausg'schaut haben … der Wiesner hat sich halbtot gelacht – der ist jetzt schon Rittmeister … – Schad', dass ich nicht zur Kavallerie gegangen bin … aber das hat der Alte nicht wollen – wär' ein zu teurer Spaß gewesen – jetzt ist es ja doch alles eins … Warum denn? – Ja, ich weiß schon: sterben muss ich, darum ist es alles eins – sterben muss ich … Also wie? – Schau, Gustl, Du bist doch extra da herunter in den Prater gegangen, mitten in der Nacht, wo Dich keine Menschenseele

stört – jetzt kannst Du Dir alles ruhig überlegen … Das ist
ja lauter Unsinn mit Amerika und quittieren, und Du bist
ja viel zu dumm, um was anderes anzufangen – und wenn
Du hundert Jahr' alt wirst, und Du denkst dran, daß Dir
einer hat den Säbel zerbrechen wollen und Dich einen
dummen Buben g'heißen, und Du bist dag'standen und
hast nichts tun können – nein, zu überlegen ist da gar
nichts – gescheh'n ist gescheh'n – auch das mit der Mama
und mit der Klara ist ein Unsinn – die werden's schon ver-
schmerzen – man verschmerzt alles … Wie hat die Mama
gejammert, wie ihr Bruder gestorben ist – und nach vier
Wochen hat sie kaum mehr dran gedacht … auf den Friedhof ist sie hinausgefahren … zuerst alle Wochen, dann alle
Monat – und jetzt nur mehr am Todestag. – – Morgen ist
mein Todestag – fünfter April. – – Ob sie mich nach Graz
überführen? Haha! da werden die Würmer in Graz eine
Freud' haben! – Aber das geht mich nichts an – darüber
sollen sich die andern den Kopf zerbrechen … Also, was
geht mich denn eigentlich an? … Ja, die hundertsechzig
Gulden für den Ballert – das ist alles – weiter brauch' ich
keine Verfügungen zu treffen. – Briefe schreiben? Wozu
denn? An wen denn? … Abschied nehmen? – Ja, zum Teufel hinein, das ist doch deutlich genug, wenn man sich totschießt! – Dann merken's die andern schon, dass man Abschied genommen hat … Wenn die Leut' wüssten, wie egal
mir die ganze Geschichte ist, möchten sie mich gar nicht
bedauern – ist eh' nicht schad' um mich … Und was hab'
ich denn vom ganzen Leben gehabt? – Etwas hätt' ich gern
noch mitgemacht: einen Krieg – aber da hätt' ich lang' warten können … Und alles übrige kenn' ich … Ob so ein
Mensch Steffi oder Kunigunde heißt, bleibt sich gleich. – –
Und die schönsten Operetten kenn' ich auch – und im Lohengrin bin ich zwölf Mal drin gewesen – und heut' Abend
war ich sogar bei einem Oratorium – und ein Bäckermeis-

ter hat mich einen dummen Buben geheißen – meiner Seel',
es ist grad genug! – Und ich bin gar nimmer neugierig ... –
Also gehn wir nach Haus, langsam, ganz langsam ... Eile
hab' ich ja wirklich keine. – Noch ein paar Minuten ausru-
hen da im Prater, auf einer Bank – obdachlos. – In's Bett 5
leg' ich mich ja doch nimmer – hab' ja genug Zeit zum
Ausschlafen. – – Ah, die Luft! – Die wird mir abgehn ...

   Was ist denn? – He, Johann, bringen S' mir ein frisches
Glas Wasser ... Was ist? ... Wo ... Ja, träum' ich denn? ...
Mein Schädel ... o, Donnerwetter ... Fischamend ... Ich 10
bring' die Augen nicht auf! – Ich bin ja angezogen! – Wo
sitz' ich denn? – Heiliger Himmel, eingeschlafen bin ich!
Wie hab' ich denn nur schlafen können; es dämmert ja
schon! – Wie lang' hab' ich denn geschlafen? – Muss auf die
Uhr schau'n ... Ich seh' nichts ... Wo sind denn meine 15
Zündhölzeln? ... Na, brennt eins an? ... Drei ... und ich
soll mich um vier duellieren – nein, nicht duellieren – totschießen soll ich mich! – Es ist gar nichts mit dem Duell;
ich muss mich totschießen, weil ein Bäckermeister mich einen dummen Buben genannt hat ... Ja, ist es denn wirklich 20
g'scheh'n? – Mir ist im Kopf so merkwürdig ... wie in einem Schraubstock ist mein Hals – ich kann mich gar nicht
rühren – das rechte Bein ist eingeschlafen. – Aufstehn! Aufstehn! ... Ah, so ist es besser! – Es wird schon lichter ...
Und die Luft ... ganz wie damals in der Früh, wie ich auf 25
Vorposten war und im Wald kampiert hab' ... Das war ein
anderes Aufwachen – da war ein anderer Tag vor mir ...
Mir scheint, ich glaub's noch nicht recht – Da liegt die Straße, grau, leer – ich bin jetzt sicher der einzige Mensch im
Prater. – Um vier Uhr früh war ich schon einmal herunten, 30
mit'm Pausinger – geritten sind wir – ich auf dem   Pferd

vom Hauptmann Mirovic und der Pausinger auf seinem eigenen Krampen – das war im Mai, im vorigen Jahr – da hat schon alles geblüht – alles war grün. – Jetzt ist's noch kahl – aber der Frühling kommt bald – in ein paar Tagen ist er schon da. – Maiglöckerln, Veigerln – schad', dass ich nichts mehr davon haben werd' – jeder Schubiak hat was davon, und ich muss sterben! Es ist ein Elend! Und die andern werden im Weingartl sitzen beim Nachtmahl, als wenn gar nichts g'wesen wär' – so wie wir alle im Weingartl g'sessen sind, noch am Abend nach dem Tag, wo sie den Lippay hinausgetragen haben ... Und der Lippay war so beliebt ... sie haben ihn lieber g'habt, als mich, beim Regiment – warum sollen sie denn nicht im Weingartl sitzen, wenn ich abkratz'? – Ganz warm ist es – viel wärmer als gestern – und so ein Duft – es muss doch schon blühen ... Ob die Steffi mir Blumen bringen wird? – Aber fallt ihr ja gar nicht ein! Die wird grad hinausfahren ... Ja, wenn's noch die Adel' wär' ... Nein, die Adel'! – Mir scheint, seit zwei Jahren hab' ich an die nicht mehr gedacht. ... Was die für G'schichten gemacht hat, wie's aus war ... mein Lebtag hab' ich kein Frauenzimmer so weinen geseh'n ... Das war doch eigentlich das Hübscheste, was ich erlebt hab' ... So bescheiden, so anspruchslos, wie die war – die hat mich gern gehabt, da könnt' ich drauf schwören. – War doch was ganz anderes, als die Steffi ... Ich möcht' nur wissen, warum ich die aufgegeben hab' ... so eine Eselei! Zu fad ist es mir geworden, ja, das war das Ganze ... So jeden Abend mit ein und derselben ausgehn ... Dann hab' ich eine Angst g'habt, dass ich überhaupt nimmer loskomm' – eine solche Raunzen – – Na, Gustl, hätt'st schon noch warten können – war doch die einzige, die Dich gern gehabt hat ... Was sie jetzt macht? Na, was wird s' machen? – Jetzt wird s' halt einen andern haben. ... Freilich, das mit der Steffi ist bequemer – wenn man nur gelegentlich engagiert ist und ein

anderer hat die ganzen Unannehmlichkeiten, und ich hab'
nur das Vergnügen ... Ja, da kann man auch nicht verlangen, dass sie auf den Friedhof hinauskommt ... Wer ging
denn überhaupt mit, wenn er nicht müsst'! – Vielleicht der
Kopetzky, und dann wär' Rest! – Ist doch traurig, so gar 5
niemanden zu haben ...

Aber so ein Unsinn! der Papa und die Mama und die
Klara ... Ja, ich bin halt der Sohn, der Bruder ... aber was
ist denn weiter zwischen uns? gern haben sie mich ja – aber
was wissen sie denn von mir? – Dass ich meinen Dienst 10
mach', dass ich Karten spiel' und dass ich mit Menschern
herumlauf' ... aber sonst? – Dass mich manchmal selber
vor mir graust, das hab' ich ihnen ja doch nicht geschrieben
– na, mir scheint, ich hab's auch selber gar nicht recht gewusst –– Ah was, kommst Du jetzt mit solchen Sachen, 15
Gustl? Fehlt nur noch, dass Du zum Weinen anfangst ...
pfui Teufel! – Ordentlichen Schritt ... so! Ob man zu einem Rendez-vous geht oder auf Posten oder in die
Schlacht ... wer hat das nur gesagt? ... ah ja, der Major Lederer, in der Kantin', wie man von dem Wingleder erzählt 20
hat, der so blass geworden ist vor seinem ersten Duell –
und gespieben hat ... Ja: ob man zu einem Rendez-vous
geht oder in den sichern Tod, am Gang und am G'sicht
lasst sich das der richtige Offizier nicht anerkennen! –
Also, Gustl – der Major Lederer hat's g'sagt! ha! – 25

Immer lichter ... man könnt' schon lesen ... Was pfeift
denn da? ... Ah, drüben ist der Nordbahnhof ... Die Tegetthoffsäule ... so lang hat sie noch nie ausg'schaut ... Da
drüben stehen Wagen ... Aber nichts als Straßenkehrer auf
der Straße ... meine letzten Straßenkehrer – ha! ich muss 30
immer lachen, wenn ich dran denk' ... das versteh' ich garnicht ... Ob das bei allen Leuten so ist, wenn sie's einmal
ganz sicher wissen? Halb vier auf der Nordbahnuhr ...
jetzt ist nur die Frage, ob ich mich um sieben nach Bahn-

zeit oder nach Wiener Zeit erschieß'? ... Sieben ... ja, warum grad sieben? ... Als wenn's garnicht anders sein könnt' ... Hunger hab' ich – meiner Seel', ich hab' Hunger – kein Wunder ... seit wann hab' ich denn nichts gegessen? ... Seit – seit gestern sechs Uhr abends im Kaffeehaus ... ja! Wie mir der Kopetzky das Billet gegeben hat – eine Melange und zwei Kipfel. – Was der Bäckermeister sagen wird, wenn er's erfahrt? ... der verfluchte Hund! – Ah, der wird wissen, warum – dem wird der Knopf aufgehn – der wird draufkommen, was es heißt: Offizier! – So ein Kerl kann sich auf offener Straße prügeln lassen, und es hat keine Folgen, und unsereiner wird unter vier Augen insultiert und ist ein toter Mann ... Wenn sich so ein Fallot wenigstens schlagen möcht' – aber nein, da wär' er ja vorsichtiger, da möcht' er sowas nicht riskieren ... Und der Kerl lebt weiter, ruhig weiter, während ich – krepieren muss! – Der hat mich doch umgebracht ... Ja, Gustl, merkst D' was? – der ist es, der Dich umbringt! Aber so glatt soll's ihm doch nicht ausgeh'n! – Nein, nein, nein! Ich werd' dem Kopetzky einen Brief schreiben, wo alles drinsteht, die ganze G'schicht' schreib' ich auf ... oder noch besser: ich schreib's dem Obersten, ich mach' eine Meldung an's Regimentskommando ... ganz wie eine dienstliche Meldung ... Ja, wart', Du glaubst, dass sowas geheim bleiben kann? – Du irrst Dich – aufgeschrieben wird's zum ewigen Gedächtnis, und dann möcht' ich sehen, ob Du Dich noch in's Kaffeehaus traust! – Ha! »das möcht' ich sehen«, ist gut! ... Ich möcht' noch manches gern seh'n, wird nur leider nicht möglich sein – aus is! –

Jetzt kommt der Johann in mein Zimmer, jetzt merkt er, dass der Herr Lieutenant nicht zu Haus geschlafen hat. – Na, alles mögliche wird er sich denken; aber dass der Herr Lieutenant im Prater übernachtet hat, das, meiner Seel', das nicht ... Ah, die Vierundvierziger! zur Schießstätte mar-

schieren s' – lassen wir sie vorübergehn ... so, stellen wir
uns daher ... – Da oben wird ein Fenster aufgemacht –
hübsche Person – na, ich möcht' mir wenigstens ein Tü-
chel umnehmen, wenn ich zum Fenster geh' ... Vorigen
Sonntag war's zum letzten Mal ... Dass grad die Steffi die
letzte sein wird, hab' ich mir nicht träumen lassen. – Ach
Gott, das ist doch das einzige reelle Vergnügen. ... Na ja,
der Herr Oberst wird in zwei Stunden nobel nachreiten ...
die Herren haben's gut – ja, ja, rechts g'schaut! – Ist schon
gut ... Wenn Ihr wüsstet, wie ich auf Euch pfeif'! – Ah, das 10
ist nicht schlecht: der Katzer ... seit wann ist denn der zu
den Vierundvierzigern übersetzt? – Servus, servus! – Was
der für ein G'sicht macht? ... Warum deut' er denn auf seinen Kopf? – Mein Lieber, Dein Schädel interessiert mich
sehr wenig ... Ah, so! Nein, mein Lieber, Du irrst Dich: im 15
Prater hab' ich übernachtet ... wirst schon heut' im Abend-
blatt lesen. – »Nicht möglich!« wird er sagen; »heut' früh,
wie wir zur Schießstätte ausgerückt sind, hab' ich ihn noch
auf der Praterstraße getroffen!« – Wer wird denn meinen
Zug kriegen? – Ob sie ihn dem Walterer geben werden? – 20
Na, da wird was Schönes herauskommen – ein Kerl ohne
Schneid, der hätt' auch lieber Schuster werden sollen ...
Was, geht schon die Sonne auf? – Das wird heut' ein schöner Tag – so ein rechter Frühlingstag ... Ist doch eigentlich
zum Teufelholen! – der Komfortabelkutscher wird noch 25
um achte in der Früh auf der Welt sein, und ich ... na, was
ist denn das? He, das wär' sowas – noch im letzten Moment
die Kontenance verlieren wegen einem Komfortabelkutscher ... Was ist denn das, dass ich auf einmal so ein blödes
Herzklopfen krieg'? – Das wird doch nicht deswegen 30
sein ... Nein, o nein ... es ist, weil ich so lang' nichts gegessen hab'. – – Aber Gustl, sei doch aufrichtig mit Dir selber:
– Angst hast Du – Angst, weil Du's noch nie probiert
hast ... Aber das hilft Dir ja nichts, die Angst hat noch kei-

nem was geholfen, jeder muss es einmal durchmachen, der eine früher, der andere später, und Du kommst halt früher dran ... Viel wert bist Du ja nie gewesen, so benimm Dich wenigstens anständig zu guter Letzt, das verlang' ich von Dir! – So, jetzt heißt's nur überlegen – aber was denn? ... Immer will ich mir was überlegen ... ist doch ganz einfach: – im Nachtkastelladel liegt er, geladen ist er auch, heißt's nur: losdrucken – das wird doch keine Kunst sein! – –

Die geht schon in's G'schäft ... die armen Mädeln! – Die Adel' war auch in einem G'schäft – ein paar Mal hab' ich sie am Abend abg'holt ... Wenn sie in einem G'schäft sind, werd'n sie doch keine solchen Menscher ... Wenn die Steffi mir allein g'hören möcht', ich ließ sie Modistin werden oder sowas ... Wie wird sie's denn erfahren? – Aus der Zeitung! ... Sie wird sich ärgern, dass ich ihr's nicht geschrieben hab' ... Mir scheint, ich schnapp' doch noch über ... Was geht denn das mich an, ob sie sich ärgert ... Wie lang' hat denn die ganze G'schicht' gedauert? ... Seit'm Jänner? ... Ah nein, es muss doch schon vor Weihnachten gewesen sein ... ich hab' ihr ja aus Graz Zuckerln mitgebracht, und zu Neujahr hat sie mir ein Brieferl g'schickt ... Richtig, die Briefe, die ich zu Haus hab' – sind keine da, die ich verbrennen sollt'? ... Hm, der vom Fallsteiner – wenn man den Brief findet ... der Bursch könnt' Unannehmlichkeiten haben ... Was mir das schon aufliegt! – Na, es ist ja keine große Anstrengung ... aber hervorsuchen kann ich den Wisch nicht ... Das beste ist, ich verbrenn' alles zusammen ... wer braucht's denn? Ist lauter Makulatur. – – Und meine paar Bücher könnt' ich dem Blany vermachen. – »Durch Nacht und Eis« ... schad', dass ich's nimmer auslesen kann ... bin wenig zum Lesen gekommen in der letzten Zeit ... Orgel – ah, aus der Kirche ... Frühmesse – bin schon lang' bei keiner gewesen ... das letzte Mal im Feber, wie mein Zug dazu kommandiert war ... Aber das gilt

nichts – ich hab' auf meine Leut' aufgepasst, ob sie andäch-
tig sind und sich ordentlich benehmen ... – Möcht' in die
Kirche hineingehn ... am End' ist doch was dran ... – Na,
heut' nach Tisch werd' ich's schon genau wissen ... Ah,
»nach Tisch« ist sehr gut! ... Also, was ist, soll ich hineingeh'n? – Ich glaub', der Mama wär's ein Trost, wenn sie das
wüsst'! ... Die Klara giebt weniger drauf ... Na, gehn wir
hinein – schaden kann's ja nicht!

Orgel – Gesang – hm! – was ist denn das? – Mir ist ganz
schwindlig ... O Gott, o Gott, o Gott! ich möcht' einen 10
Menschen haben, mit dem ich ein Wort reden könnt' vorher! – Das wär' sowas – zur Beicht' gehn! Der möcht' Augen machen, der Pfaff', wenn ich zum Schluss sagen
möcht': Habe die Ehre, Hochwürden, jetzt geh' ich mich
umbringen! ... – Am liebsten läg' ich da auf dem Steinbo- 1
den und tät' heulen ... Ah nein, das darf man nicht tun!
Aber weinen tut manchmal so gut. ... Setzen wir uns einen
Moment – aber nicht wieder einschlafen wie im Prater! ... –
Die Leut', die eine Religion haben, sind doch besser dran ...
Na, jetzt fangen mir gar die Händ' zu zittern an! ... Wenn's 2
so weitergeht, werd' ich mir selber auf die Letzt' so ekelhaft, dass ich mich vor lauter Schand' umbring'! – Das alte
Weib da – um was betet denn die noch? ... Wär' eine Idee,
wenn ich ihr sagen möcht': Sie, schließen Sie mich auch
ein ... ich hab' das nicht ordentlich gelernt, wie man das 2
macht ... Ha! mir scheint, das Sterben macht blöd'! – Aufstehn! – Woran erinnert mich denn nur die Melodie? – Heiliger Himmel! gestern Abend! – Fort, fort! das halt' ich gar
nicht aus! ... Pst! keinen solchen Lärm, nicht mit dem Säbel scheppern – die Leut' nicht in der Andacht stören – so! 3
– doch besser im Freien ... Licht ... Ah, es kommt immer
näher – wenn es lieber schon vorbei wär'! – Ich hätt's gleich
tun sollen – im Prater ... man sollt' nie ohne Revolver ausgeh'n ... Hätt' ich gestern Abend einen gehabt ... Herrgott

noch einmal! – In das Kaffeehaus könnt' ich geh'n frühstücken ... Hunger hab' ich ... Früher ist's mir immer son-
derbar vorgekommen, dass die Leut', die verurteilt sind, in
der Früh noch ihren Kaffee trinken und ihr Zigarrl rauchen ... Donnerwetter, geraucht hab' ich gar nicht! gar keine Lust zum Rauchen! – Es ist komisch: ich hätt' Lust, in
mein Kaffeehaus zu geh'n ... Ja, aufgesperrt ist schon, und
von uns ist jetzt doch keiner dort – und wenn schon ... ist
höchstens ein Zeichen von Kaltblütigkeit. »Um sechs hat er
noch im Kaffeehaus gefrühstückt, und um sieben hat er
sich erschossen« ... – Ganz ruhig bin ich wieder ... das Gehen ist so angenehm – und das schönste ist, dass mich keiner zwingt. – Wenn ich wollt', könnt' ich noch immer den
ganzen Krempel hinschmeißen ... Amerika ... Was ist das:
»Krempel«? Was ist ein »Krempel«? Mir scheint, ich hab'
den Sonnenstich! ... Oho, bin ich vielleicht deshalb so ruhig, weil ich mir noch immer einbild', ich muss nicht? ...
Ich muss! Ich muss! Nein, ich will! – Kannst Du Dir denn
überhaupt vorstellen, Gustl, dass Du Dir die Uniform aus-
ziehst und durchgehst? Und der verfluchte Hund lacht sich
den Buckel voll – und der Kopetzky selbst möcht' Dir
nicht mehr die Hand geben ... Mir kommt vor, ich bin jetzt
ganz rot geworden. – ... Der Wachmann salutiert mir ...
ich muss danken ... »Servus!« – Jetzt hab' ich gar »Servus«
gesagt! ... Das freut so einen armen Teufel immer ... Na,
über mich hat sich keiner zu beklagen gehabt – außer
Dienst war ich immer gemütlich. – Wie wir auf Manöver
waren, hab' ich den Chargen von der Kompagnie Britannikas geschenkt; – einmal hab' ich gehört, wie ein Mann hinter mir bei den Gewehrgriffen was von »verfluchter Rackerei« g'sagt hat, und ich hab' ihn nicht zum Rapport geschickt – ich hab' ihm nur gesagt: »Sie, passen S' auf,
das könnt' einmal wer anderer hören – da ging's Ihnen
schlecht!« ... Der Burghof ... Wer ist denn heut' auf

Wach'? – Die Bosniaken – schau'n gut aus – der Oberstleutnant hat neulich g'sagt: Wie wir im 78er Jahr unten waren, hätt' keiner geglaubt, dass uns die einmal so parieren
werden! ... Herrgott, bei sowas hätt' ich dabei sein mögen!
– Da stehn sie alle auf von der Bank. – Servus, servus! –   5
Das ist halt zuwider, dass unsereiner nicht dazu kommt. –
Wär' doch schöner gewesen, auf dem Feld der Ehre, für's
Vaterland, als so ... Ja, Herr Doktor, Sie kommen eigentlich
gut weg! ... Ob das nicht einer für mich übernehmen
könnt'? – Meiner Seel', das sollt' ich hinterlassen, dass sich   10
der Kopetzky oder der Wymetal an meiner Statt mit dem
Kerl schlagen. ... Ah, so leicht sollt' der doch nicht davon-
kommen! – Ah, was! Ist das nicht egal, was nachher geschieht? Ich erfahr's ja doch nimmer! – Da schlagen die
Bäume aus ... Im Volksgarten hab' ich einmal eine ange-   15
sprochen – ein rotes Kleid hat sie angehabt – in der Strozzigasse hat sie gewohnt – nachher hat sie der Rochlitz über-
nommen ... Mir scheint, er hat sie noch immer, aber er
red't nichts mehr davon – er schämt sich vielleicht ... Jetzt
schlaft die Steffi noch ... so lieb sieht sie aus, wenn sie   20
schlaft ... als wenn sie nicht bis fünf zählen könnt'! – Na,
wenn sie schlafen, schau'n sie alle so aus! – Ich sollt' ihr
doch noch ein Wort schreiben ... warum denn nicht? Es
tut's ja doch ein jeder, dass er vorher noch Briefe schreibt. –
Auch der Klara sollt' ich schreiben, dass sie den Papa und   25
die Mama tröstet – und was man halt so schreibt! – und
dem Kopetzky doch auch ... Meiner Seel', mir kommt vor,
es wär' viel leichter, wenn man ein paar Leuten Adieu gesagt hätt' ... Und die Anzeige an das Regimentskommando
– und die hundertsechzig Gulden für den Ballert ... eigent-   30
lich noch viel zu tun ... Na, es hat's mir ja keiner g'schafft,
dass ich's um sieben tu' ... von acht an ist noch immer Zeit
genug zum Totsein! ... Totsein, ja – so heißt 's – da kann
man nichts machen ...

Ringstraße – jetzt bin ich ja bald in meinem Kaffeehaus ... Mir scheint gar, ich freu' mich auf's Frühstück ... es ist nicht zum glauben. – – Ja, nach dem Frühstück zünd' ich mir eine Zigarr' an, und dann geh' ich nach Haus und schreib' ... Ja, vor allem mach' ich die Anzeige an's Kommando; dann kommt der Brief an die Klara – dann an den Kopetzky – dann an die Steffi ... Was soll ich denn dem Luder schreiben? ... »Mein liebes Kind, Du hast wohl nicht gedacht« ... – Ah, was, Unsinn! – »Mein liebes Kind, ich danke Dir sehr« ... – »Mein liebes Kind, bevor ich von hinnen gehe, will ich es nicht verabsäumen« ... – Na, Briefschreiben war auch nie meine starke Seite ... »Mein liebes Kind, ein letztes Lebewohl von Deinem Gustl« ... – Die Augen, die sie machen wird! Ist doch ein Glück, dass ich nicht in sie verliebt war ... das muss traurig sein, wenn man eine gern hat und so ... Na, Gustl, sei gut: so ist es auch traurig genug ... Nach der Steffi wär' ja noch manche andere gekommen, und am End' auch eine, die was wert ist – junges Mädel aus guter Familie mit Kaution – es wär' ganz schön gewesen ... – Der Klara muss ich ausführlich schreiben, dass ich nicht hab' anders können ... »Du musst mir verzeihen, liebste Schwester, und bitte, tröste auch die lieben Eltern. Ich weiß, dass ich Euch allen manche Sorge gemacht habe und manchen Schmerz bereitet; aber glaube mir, ich habe Euch alle immer sehr lieb gehabt, und ich hoffe, Du wirst noch einmal glücklich werden, meine liebe Klara, und Deinen unglücklichen Bruder nicht ganz vergessen« ... – Ah, ich schreib' ihr lieber gar nicht! ... Nein, da wird mir zum Weinen ... es beißt mich ja schon in den Augen, wenn ich dran denk' ... Höchstens dem Kopetzky schreib' ich – ein kameradschaftliches Lebewohl, und er soll's den andern ausrichten ... – Ist's schon sechs? – Ah, nein: halb – dreiviertel. – Ist das ein liebes G'sichtel! ... der kleine Fratz mit den schwarzen Augen, den ich so oft in

der Florianigasse treff'! – was die sagen wird? – Aber die
weiß ja gar nicht, wer ich bin – die wird sich nur wundern,
dass sie mich nimmer sieht ... Vorgestern hab' ich mir vorgenommen, das nächste Mal sprech' ich sie an. – Kokettiert
hat sie genug ... so jung war die – am End' war die gar 5
noch eine Unschuld! ... Ja, Gustl! Was Du heute kannst be-
sorgen, das verschiebe nicht auf morgen! ... Der da hat sicher auch die ganze Nacht nicht geschlafen. – Na, jetzt
wird er schön nach Haus gehn und sich niederlegen – ich
auch! – Haha! jetzt wird's ernst, Gustl, ja! ... Na, wenn 10
nicht einmal das bissl Grausen wär', so wär' ja schon gar
nichts dran – und im Ganzen, ich muss's schon selber sagen, halt' ich mich brav ... Ah, wohin denn noch? Da ist ja
schon mein Kaffeehaus ... auskehren tun sie noch ... Na,
geh'n wir hinein ... 15

Da hinten ist der Tisch, wo die immer Tarok spielen ...
Merkwürdig, ich kann mir's gar nicht vorstellen, dass der
Kerl, der immer da hinten sitzt an der Wand, derselbe sein
soll, der mich ... – Kein Mensch ist noch da ... Wo ist denn
der Kellner? ... He! Da kommt er aus der Küche ... er 20
schlieft schnell in den Frack hinein ... Ist wirklich nimmer
notwendig! ... ah, für ihn schon ... er muss heut' noch andere Leut' bedienen! –

» »Habe die Ehre, Herr Lieutenant!« «
»Guten Morgen.« 25
» »So früh heute, Herr Lieutenant?« «
»Ah, lassen S' nur – ich hab' nicht viel Zeit, ich kann
mit'm Mantel dasitzen.«
» »Was befehlen Herr Lieutenant?« «
»Eine Melange mit Haut.« 30
» »Bitte gleich, Herr Lieutenant!« «
Ah, da liegen ja Zeitungen ... schon heutige Zeitungen? ...
Ob schon was drinsteht? ... Was denn? – Mir scheint, ich
will nachsehn, ob drinsteht, dass ich mich umgebracht hab'!

Haha! – Warum steh' ich denn noch immer? ... Setzen wir
uns da zum Fenster ... Er hat mir ja schon die Melange hin-
gestellt ... So, den Vorhang zieh' ich zu; es ist mir zuwider,
wenn die Leut' hereingucken ... Es geht zwar noch keiner
5 vorüber ... Ah, gut schmeckt der Kaffee – doch kein leerer
Wahn, das Frühstücken! ... Ah, ein ganz anderer Mensch
wird man – der ganze Blödsinn ist, dass ich nicht genacht-
mahlt hab' ... Was steht denn der Kerl schon wieder da? –
Ah, die Semmeln hat er mir gebracht ...

10 » »Haben Herr Lieutenant schon gehört?« « ...

»Was denn?« Ja, um Gotteswillen, weiß der schon
was? ... Aber Unsinn, es ist ja nicht möglich!

» »Den Herrn Habetswallner ...« «

Was? So heißt ja der Bäckermeister ... was wird der jetzt
15 sagen? ... Ist der am End' schon dagewesen? Ist er am End'
gestern noch dagewesen und hat's erzählt? ... Warum red't
er denn nicht weiter? ... Aber, er red't ja ...

» »... hat heut' Nacht um zwölf der Schlag getroffen.« «

»Was?« ... Ich darf nicht so schreien ... nein, ich darf mir
20 nichts anmerken lassen ... aber vielleicht träum' ich ... ich
muss ihn noch einmal fragen ... »Wen hat der Schlag getroffen?« – Famos, famos! – ganz harmlos hab' ich das
g'sagt! –

» »Den Bäckermeister, Herr Lieutenant! ... Herr Lieute-
25 nant werd'n ihn ja kennen ... na, den Dicken, der jeden
Nachmittag neben die Herren Offiziere seine Tarokpartie
hat ... mit'n Herrn Schlesinger und 'n Herrn Wasner von
der Kunstblumenhandlung vis-à-vis!« «

Ich bin ganz wach – stimmt alles – und doch kann ich's
30 noch nicht recht glauben – ich muss ihn noch einmal fragen ... aber ganz harmlos ...

»Der Schlag hat ihn getroffen? ... Ja, wieso denn? Woher
wissen S' denn das?«

» »Aber, Herr Lieutenant, wer soll's denn früher wissen,

als unsereiner – die Semmel, die der Herr Lieutenant da essen, ist ja auch vom Herrn Habetswallner. Der Bub, der uns das Gebäck um halber fünfe in der Früh bringt, hat's uns erzählt.« «

Um Himmelswillen, ich darf mich nicht verraten ... ich möcht' ja schreien ... ich möcht' ja lachen ... ich möcht' ja dem Rudolf ein Bussel geben ... Aber ich muss ihn noch was fragen! ... Vom Schlag getroffen werden, heißt noch nicht: tot sein ... ich muss fragen, ob er tot ist ... aber ganz ruhig, denn was geht mich der Bäckermeister an – ich muss in die Zeitung schau'n, während ich den Kellner frag' ...

»Ist er tot?«

» »Na, freilich, Herr Lieutenant; auf'm Fleck ist er tot geblieben.« «

O, herrlich, herrlich! – Am End' ist das Alles, weil ich in der Kirchen g'wesen bin ...

» »Er ist am Abend im Theater g'wesen; auf der Stiegen ist er umg'fallen – der Hausmeister hat den Krach g'hört ... na, und dann haben s' ihn in die Wohnung getragen, und wie der Doktor gekommen ist, war's schon lang' aus.« «

»Ist aber traurig. Er war doch noch in den besten Jahren.« – Das hab' ich jetzt famos gesagt – kein Mensch könnt' mir was anmerken ... und ich muss mich wirklich zurückhalten, dass ich nicht schrei' oder auf 's Billard spring' ...

» »Ja, Herr Lieutenant, sehr traurig; war ein so lieber Herr, und zwanzig Jahr' ist er schon zu uns kommen – war ein guter Freund von unserm Herrn. Und die arme Frau ...« «

Ich glaub', so froh bin ich in meinem ganzen Leben nicht gewesen ... Tot ist er – tot ist er! Keiner weiß was, und nichts ist g'schehn! – Und das Mordsglück, dass ich in das Kaffeehaus gegangen bin ... sonst hätt' ich mich ja ganz umsonst erschossen – es ist doch wie eine Fügung des

Schicksals … Wo ist denn der Rudolf? – Ah, mit dem
Feuerburschen red't er … – Also, tot ist er – tot ist er – ich
kann's noch gar nicht glauben! Am liebsten möcht' ich hin-
gehn, um's zu sehn. – – Am End' hat ihn der Schlag getroffen aus Wut, aus verhaltenem Zorn … Ah, warum, ist mir
ganz egal! Die Hauptsach' ist: er ist tot, und ich darf leben,
und alles g'hört wieder mein! … Komisch, wie ich mir da
immerfort die Semmel einbrock', die mir der Herr Habetswallner gebacken hat! Schmeckt mir ganz gut, Herr von
Habetswallner! Famos! – So, jetzt möcht' ich noch ein Zigarrl rauchen …

»Rudolf! Sie, Rudolf! Sie, lassen S' mir den Feuerburschen dort in Ruh'!«

» »Bitte, Herr Lieutenant!« «

»Trabucco« … – Ich bin so froh, so froh! … Was mach'
ich denn nur? … Was mach' ich denn nur? … Es muss ja
was geschehn, sonst trifft mich auch noch der Schlag vor
lauter Freud'! … In einer Viertelstund' geh' ich hinüber in
die Kasern' und lass mich vom Johann kalt abreiben … um
halb acht sind die Gewehrgriff', und um halb Zehn ist
Exerzieren. – Und der Steffi schreib' ich, sie muss sich für
heut' Abend frei machen, und wenn's Graz gilt! Und
Nachmittag um vier … na wart', mein Lieber, wart', mein
Lieber! Ich bin grad gut aufgelegt … Dich hau' ich zu
Krenfleisch!

Reichenau, 13.–17. Juli 1900.

Editorische Notiz

Der Text folgt der ersten Buchausgabe:

Lieutenant Gustl. Berlin: S. Fischer, 1901.

Alle folgenden Ausgaben haben nach und nach (unterschiedliche) orthographische Modernisierungen vorgenommen, darunter:

Erzählende Schriften. Bd. 1: Novellen. Berlin: S. Fischer, 1922. (Gesammelte Werke in zwei Abteilungen.) S. 261–303.

Die Erzählenden Schriften. Bd. 1. Frankfurt a.M.: S. Fischer, 1961. (Gesammelte Werke.) S. 337–366.

Der blinde Geronimo und sein Bruder. Erzählungen 1900–1907. Frankfurt a.M.: Fischer Taschenbuch Verlag, 1989. (Das erzählerische Werk 4.) S. 9–42.

Daher wird hier die Schreibweise und Zeichensetzung der Erstausgabe beibehalten. Die Novelle erhält ihren ursprünglichen Titel, *Lieutenant Gustl,* zurück. Die zeitgenössische Orthographie bei der »ie«-Schreibung in »giebt« sowie bei Fremdwörtern wie »nervos«, »Buffet«, »Kour« (für frz. »Cour«), »Kontenance« (für frz. Contenance), »Tarok« wurde belassen.

Ein orthographisches Charakteristikum der Erstausgabe erscheint besonders signifikant: Die direkte Rede Gustls steht in einfachen, die anderer Figuren jedoch in doppelten Anführungszeichen ([Bäckermeister:] »»Geduld, Geduld!««); im neuen Medium des ›Inneren Monologs‹ sollten also Gustls Äußerungen und die von außen kommenden Worte deutlich voneinander zu unterscheiden sein. Dieses ausdrückliche Mittel zur Lesersteuerung wird nunmehr wiederhergestellt.

Eine weitere Eigenheit ist die gelegentliche Kleinschreibung nach Ruf- oder Fragezeichen; sie wurde als Stilmittel des fortlaufenden ›Inneren Monologs‹ ebenso beibehalten wie Gustls großgeschriebene Anreden an sich selbst (»Es bleibt Dir nichts anderes übrig«). Orthographische Inkonsequenzen der Erstausgabe, besonders bei Groß- und Kleinschreibung, Getrennt- und Zusammenschreibung und Apostrophen, wurden nicht korrigiert; daher findet sich »halb Zehn« neben »halb acht«, »so was« neben »sowas«, »lang« neben »lang'«, »drauf« neben »d'rauf«, »auslassen« neben »aus'lassen« (für: »ausgelassen«), »g'schehn« neben »g'scheh'n« usw. Der einzige vorgenommene Texteingriff besteht in der Ergänzung eines fehlenden Anführungszeichens (44,28).

Konstanze Fliedl

Die »th«-Schreibung in Wörtern wie »Thor« und »thun« wurde hingegen aufgegeben und ebenso wie *ß*- bzw. *ss*-Schreibung den amtlichen Rechtschreibregeln angepasst. Die groß geschriebenen Umlaute aus der Fraktur-Vorlage (»Uebermorgen«, »Aehnliches«, »Oekonomie« usw.) wurden durch »Ü«, »Ä« und »Ö« ersetzt. Die seltenen Fälle von zwei oder vier »Gedankenpunkten« wurden zu drei Punkten vereinheitlicht. Diese Eingriffe besorgte der Verlag.

Anmerkungen

5 *Lieutenant Gustl:* So lautet der Titel im Erstdruck und in der ersten Buchausgabe nach der damals gebräuchlichen Orthographie. Bei der Neuauflage 1914 (16.–18. Tsd.) wurde er vom Fischer Verlag in *Leutnant Gustl* normalisiert.

7,3 *Konzert:* Ort des Konzertes ist der Wiener Musikverein am Karlsplatz im I. Wiener Gemeindebezirk. In einer nachgelassenen Notiz erwähnt Schnitzler, die Novelle sei »zum Teil nach einer tatsächlich vorgefallenen Geschichte, die einem bekannten [sic] von Felix Salten passiert war, einem Herrn Lasky, im Foyer des Musikvereinssaals« gestaltet (Nachlassmappe 117, zit. nach Surowska, 1990, S. 157 f.).

7,5 f. *viertel auf Zehn:* (umgangsspr.) 21.45 Uhr.

7,7 f. *Was ist es denn eigentlich?* Am 4. April 1900, dem Handlungstag der Novelle – es ist der Mittwoch der Karwoche –, führte der Evangelische Singverein im Wiener Musikvereinssaal *Paulus. Oratorium nach Worten der Heiligen Schrift* von Felix Mendelssohn-Bartholdy (1809–1847) auf, entstanden nach ersten Plänen 1831/32 in den Jahren 1834–36, Uraufführung: 22. Mai 1836.

8,1 *Fräulein Walker:* Edyth W. (1870–1950), geboren in New York; 1895 Debüt an der Wiener Hofoper, die sie 1903 nach Auseinandersetzungen mit Gustav Mahler verließ. Berühmte Oratoriensängerin, bedeutendste Altistin der Zeit.

8,2 *Fräulein Michalek:* Margarete Merlitschek (geb. Michalek, 1875–1944); 1897 als Soubrette an die Wiener Hofoper engagiert, wo sie bis 1910 blieb.

8,5 f. *»Traviata«:* La Traviata, Oper in vier Akten von Giuseppe Verdi (1813–1901), Libretto nach der Erzählung von Alexandre Dumas Sohn (1824–95) *La dame aux camélias* (1848) von Francesco Maria Piave (1810–76).

8,6 f. *eine tote Leiche:* dialektaler Pleonasmus.

8,17 *Singvereins:* Der Evangelische Singverein, gegründet 1818 von Johann Andreas Streicher (1761–1833, Pianist, Komponist, Klavierfabrikant), bestand bis in die zwanziger Jahre.

8,21 f. *»Grünen Tor«:* Gasthaus »Zum Grünen Tor« im VIII. Bezirk

(Josefstadt, Lerchenfelder Straße 14), beliebt wegen geselliger Tanzabende und Maskenbälle.

8,25 *Virginia:* lange dünne Zigarre mit eingefügtem Mundstück aus Stroh.

8,29 *stell' ich Sie mir:* (umgangsspr.) stelle ich Sie zur Rede.

8,34–9,1 *vorlamentieren:* (umgangsspr.) jammern, wehklagen.

9,1 *Abschreiberei:* Steffis schriftliche Absagen.

9,7 *nachtmahlen:* (umgangsspr.) zu Abend essen.

9,9 *Gartenbaugesellschaft:* Gebäude der 1827 gegründeten Gartenbaugesellschaft am Parkring im I. Bezirk. 1863–69 nach Plänen August Webers ursprünglich für Ausstellungszwecke errichtet, wurde der Bau bald für verschiedenste Aktivitäten vornehmer Geselligkeitsvereine genutzt. In der Folge beliebter Veranstaltungsort für Bälle und Tanzveranstaltungen, der nach und nach seinen vornehmen Charakter einbüßte; 1959 abgerissen.

vis-à-vis: (frz.) gegenüber.

9,31 *gegiftet:* (umgangsspr.) geärgert.

9,32 *Hundertsechzig Gulden:* entsprach etwa dem durchschnittlichen Monatslohn eines kleinen Beamten wie Gustls Vater (vgl. Urbach, 1974, S. 105).

auf einem Sitz: (umgangsspr.) in einem durch, ohne dabei den Tisch zu verlassen.

10,9 *Sustentation:* Unterhalt, Unterstützung, Beihilfe.

10,10 *Kreuzer:* kleinste Währungseinheit in Österreich-Ungarn bis zur Umstellung auf Kronen/Heller-Währung 1892.

10,28 *Maretti:* Urbach (1974, S. 105) verweist hier auf Helene Odilon (geb. Petermann, 1864–1939), eine der berühmtesten Schauspielerinnen ihrer Zeit. Seit 1891 am Deutschen Volkstheater in Wien, wirkte sie dort 1894 bei der deutschen Erstaufführung der *Madame Sans-Gêne* (Premiere am 13. Januar) mit, deren Besuch Schnitzler am 16. Januar 1894 in seinem Tagebuch vermerkt. In einer Tagebucheintragung vom 3. März 1894 bezeichnet er die Odilon als »verführerisch« (Tagebuch 1893–1902, S. 71). Sie wäre 1900 ungefähr so alt, wie Gustl »die Maretti« schätzt.

10,29 *»Madame Sans-Gêne«:* Komödie in drei Akten und einem Prolog von Victorien Sardou (1831–1908) und Émile Moreau

(1852–1922), Uraufführung: 27. Oktober 1893 in Paris. Turbulente Unterhaltungskomödie um die historische Figur der Wäscherin Cathérine Hubscher, die aus den Wirren der Französischen Revolution als Marschallin Lefebvre hervorgeht.

10,34 *Ring:* Wiener Prachtstraße, die in mehreren Abschnitten die Innere Stadt (I. Bezirk) auf einer Länge von rund vier Kilometern umgibt, auf weite Strecken von Doppelalleen gesäumt. Mit den im Stil des Historismus errichteten Gebäuden (u.a. Hofoper, Kunst- und Naturhistorisches Museum, Parlament, Rathaus, Burgtheater, Universität, Börse) gab die Ringstraße einer ganzen Epoche ihren Namen.

11,10 *Doschintzky:* In seiner Autobiographie berichtet Schnitzler von einem Kurs, den er »bei dem Fechtlehrer Domaschintzky« absolvierte (*Jugend in Wien,* S. 139).

11,13 *Landwehr:* stehendes Nationalheer als Reserve der k.u.k. Armee seit 1807.

11,22 *Chinesen:* 1899 brach in China der von einer chinesischen Geheimsekte entfachte sog. Boxeraufstand aus, der 1900/01 von einem Expeditionskorps der europäischen Großmächte niedergeworfen wurde.

11,22f. *Blödisten:* dumme Menschen; Wortbildung in Analogie zu »Zivilist«.

12,11 *Kadettenschulen:* Die Kadettenschulen der österreichisch-ungarischen Monarchie, die allen 14jährigen mit normaler Schulbildung offenstanden, boten vor allem für die Söhne aus dem kleinen und mittleren Bürgertum Aufstiegschancen. Als Aufsteiger oder Klassenwechsler befanden sich diese aus den Kadettenschulen hervorgegangenen mittelständischen Offiziere dem traditionell adeligen Offizierskorps, aber auch den Zivilisten aus dem gehobenen Bürgertum gegenüber allerdings oft in einer prekären, konfliktreichen Situation (vgl. dazu Knilli, 1976, S. 148). Der aus kleinen Verhältnissen stammende Gustl verkörpert idealtypisch den Klassenaufsteiger mit Hilfe der militärischen Laufbahn.

12,23 *Stockschnupfen:* starker, hartnäckiger Schnupfen.

12,30 *Rock:* des Kaisers Rock; Metonymie für die Uniform der k.u.k. Armee.

13,4 *Tintenfisch:* in Analogie zum »Bücherwurm« abwertende Bezeichnung für schreibende Berufe bzw. Intellektuelle.

13,10 *»Ihr, seine Engel, lobet den Herrn«:* Schlussvers des Schlusschors (Nr. 44) von Mendelssohns Oratorium *Paulus*.

13,31 *Ende mit Schrecken:* Psalm 73,19; in der erweiterten Form »Lieber ein Ende mit Schrecken als ein Schrecken ohne Ende« dem preußischen Offizier Ferdinand von Schill (1776–1809) zugeschrieben.

14,13 *Leidinger:* elegantes Gesellschaftsrestaurant im I. Bezirk (Kärntner Straße 61), in dem auch Schnitzler verkehrte.

14,21 *Major von Fünfundneunzig:* Major des Galizischen Infanterieregiments Nr. 95.

14,26 *Fratz:* Kind, meist unartig, aber auch pfiffig.

15,22 *sein S' ... stad:* (umgangsspr.) seien Sie still; halten Sie den Mund.

16,26 *stante pede:* (lat.) stehenden Fußes, sofort.

17,1 *Sechserl:* Silbermünze, 1/10 Gulden, also 6 Kreuzer (1 Gulden = 60 Kreuzer). Der Name ging auf die 10-Kreuzer-Münze und nach der Währungsumstellung 1892 auch auf das 20-Heller-Stück über.

18,4 *Tapper:* Tapp-Tarock, skatähnliches Kartenspiel zu dritt mit 36 Karten; das Wort spielt mit dem homonymen wienerischen Begriff *Tapper* für ›plumper Griff‹.

18,15 *quittieren:* den Dienst aufgeben.

18,16 *mit Schimpf und Schand:* redensartliche Alliteration, häufig für den unehrenhaften Austritt aus der Armee verwendet.

18,16f. *Freiwillige:* Wehrpflichtige, die aufgrund höherer Schulbildung nur ein Jahr (statt drei) zu dienen brauchten, wenn sie sich freiwillig meldeten (s. auch Anm. zu 22,21).

18,19 *Café Hochleitner:* das einzige der genannten Lokale, das nicht identifiziert werden konnte. Um 1900 ist in Wien nur ein Gasthaus Franz Hochleitner im III. Bezirk nachweisbar.

19,7 *Reiterkasern':* Kavalleriekaserne beim heutigen Hamerlingplatz im VIII. Bezirk (Josefstadt); errichtet 1772–77, abgerissen 1903.

19,9 *satisfaktionsunfähig:* nach dem Ehrenkodex der k. u. k. Armee nicht duellfähig.

19,14 *Ehrenrat:* aus Offizieren zusammengesetzte Kommission zur Untersuchung von Ehrensachen, um die Ehre des Offiziersstandes zu wahren und gegen Mitglieder einzuschreiten, die diese verletzen.

19,27 *das Mensch:* (Plural: Menscher) abwertend für: Mädchen, junge Frau.

19,34 *Beisl:* einfache, volkstümliche Gaststätte.

20,33 *Mandat:* Vollmacht; Auftrag, beim morgigen Duell Gustls Sekundanten zu sein. Jeder Duellant stellt zwei Sekundanten. Sie überbringen die Duellforderung, vereinbaren die Bedingungen und fungieren als Zeugen.

21,23 *Fleischselcher: selchen* (bayr.-österr.): räuchern.

21,29 f. *Punktum und Streusand drauf:* Ablöschen einer Niederschrift nach dem letzten Punkt mit Streusand als Bild für den endgültigen Abschluss einer Angelegenheit.

22,8 f. *Jagendorfer:* Georg J. J., bekannter Athlet und Ringkämpfer der Zeit; hatte 1897 eine »Privatschule für Keulenschwingen« im VII. Bezirk.

22,11 *Aspernbrücke:* Brücke beim Stubenring über den Donaukanal. Erbaut 1863/64, benannt nach der Schlacht bei Aspern (1809), in der erstmals ein von Napoleon geführtes Heer keinen Sieg erringen konnte.

22,12 f. *Kagran:* ursprünglich selbständige Gemeinde jenseits der Donau im Norden Wiens; kam 1905 mit anderen Orten als XXI. Bezirk Floridsdorf zu Wien, 1938 dem neugeschaffenen XXII. Bezirk Groß-Enzersdorf angegliedert, der seit 1954 Donaustadt heißt.

22,17 f. *Ronacher:* 1887/88 vom Theaterarchitekten-Team Ferdinand Fellner d. J. und Hermann Helmer für den Theater- und Vergnügungsunternehmer Anton Ronacher (1841–92) erbautes Etablissement im I. Bezirk (Seilerstätte 9) an der Stelle des abgebrannten Stadttheaters. Konzipiert als Vereinigung von Theater, Ballsaal, Hotel, Restaurant und Kaffeehaus, später Varieté, heute als Theater genutzt.

22,21 *Einjährigen:* Gustls Statusangst bezieht sich auf das damals relativ neue Institut des Reserveoffiziers, das Einjährig-Freiwilligen nach Ablauf ihrer Dienstzeit die gleichen Privilegien einräumte wie Berufsoffizieren. Teile des Offizierskorps erlebten diese Einrichtung als gefährlichen Verlust sozialer Exklusivität. Laermann (1977a) weist auf die enge Verbindung dieser sozialen Bedrohung mit antisemitischen Vorurteilen hin, denn »die Prestigeeinbuße der Berufsoffiziere gegenüber den Reserveoffizieren musste umso größer sein, je häufiger es (was selten genug vorkam) Juden gelang, auf diesem Weg ein Offizierspatent zu erwerben. Wie in anderen Bereichen der Gesellschaft schien die Statusangst als auslösendes Moment des Antisemitismus auch beim Militär durch die bloße Möglichkeit gleichrangiger sozialer Berührung gerechtfertigt« (S. 125).

22,24 f. *Distinktion:* Auszeichnung, Stand.

22,26 *Was scheer' ich mich:* (umgangsspr.) was kümmere ich mich.

22,27 *Gemeiner:* Soldat ohne Charge; s. Anm. zu 39,28.

22,29 f. *Ehre verloren, alles verloren:* redensartliche Umkehr des berühmten Ausspruchs von Kaiser Franz I. (1494–1547) nach seiner Niederlage in der Schlacht bei Pavia (1525) aus dem Brief an seine Mutter: »Alles ist verloren, nur die Ehre nicht«.

23,10 f. *Armee-Steeple-Chase:* Steeple-Chase (engl.; wörtl.: Kirchturmjagd): Pferderennen über mindestens 3000 Meter mit natürlichen und künstlichen Hindernissen.

23,15 *Person:* abwertend für: käufliche Frau. Vor allem die seit der Registrierungspflicht von 1873 verbotene geheime Prostitution war im Wien der Jahrhundertwende ein weitverbreitetes Phänomen. Um 1910 soll es hier 40000 Prostituierte gegeben haben, von denen wenig mehr als 7000 registriert waren (vgl. Pollak, 1997, S. 216).

23,19 *Przemysl:* galizische Garnisonsstadt an der Ostgrenze des Habsburgerreiches, im heutigen Polen, nahe der ukrainischen Grenze.

23,22 *Mordsglück: Mords-* als Präfix zur Bedeutungsverstärkung im Sinn von ›groß, riesig, gigantisch‹.

23,23 *Sambor:* galizische Kreisstadt, heute ukrainische Grenzstadt zu Polen.

24,25 f. *roten Latern':* Die rote Laterne, auch Ampel genannt, ist ein typisches Accessoire erotischer Interieurs der Dekadenzliteratur (vgl. Fischer, 1978, S. 77 f.; Keller, 1984, S. 89). Sie fehlte auch nicht in Schnitzlers eigener Junggesellen-Dienstwohnung im Allgemeinen Krankenhaus im IX. Bezirk (Alserstraße 4), wo er 1885–88 als Sekundararzt tätig war (*Jugend in Wien*, S. 273).

24,29 *Gußhausstraße:* im IV. Bezirk (Wieden) hinter der Karlskirche.

25,5 *Prater:* Weitläufiges Augebiet an der Donau im Nordosten Wiens. Nachdem der bis dahin als kaiserliches Jagdgebiet genutzte Naturpark 1766 unter Kaiser Joseph II. für die Bevölkerung als Naherholungsgebiet zugänglich gemacht wurde, entstand im zur Stadt hin gelegenen Teil ein großer Vergnügungspark, Volks- und Wurstelprater genannt. Neben zahlreichen volksfestartigen Veranstaltungen und Umzügen zu kaiserlichen Jubiläen usw. war der Prater 1873 auch Schauplatz der Weltausstellung.

25,19 *noch nichts blühen:* Schnitzler verwendet häufig blühende oder belaubte Bäume in Wäldern und Parkanlagen als sexuelle Motive (vgl. Lawson, 1962, S. 11). Auch Gustls diesbezügliche Beobachtungen sind wiederholt gefolgt von erotischen Reminiszenzen (vgl. z.B. 40,14 f.: »Da schlagen die Bäume aus ...«).

25,23 *schier:* beinahe.

25,34 *Pflanz:* (umgangsspr.) Spiegelfechterei, Schwindel, Lüge, Großtuerei.

26,3 *das zweite Kaffeehaus:* Zwischen 1782 und 1790 wurden in der Praterhauptallee (Nr. 4, 9 und 12) drei Kaffeehäuser errichtet, die um 1900 als Gasthäuser der gehobenen Gesellschaft galten. Sie waren auch Schauplatz von Theater- und Operettenaufführungen.

26,22 *Kappl:* (umgangsspr.) Kappe, Schirmmütze; Teil der Leutnantsuniform.

27,3 *basta:* (ital.) fertig, es ist genug, es reicht.

27,4 *Leich':* (umgangsspr.) Leichenbegängnis, Begräbnis.

27,6 *Kombattanten:* (frz.) (Mit-)Kämpfer; hier: Duellgegner.

27,13 *Kour machen:* den Hof machen, umschmeicheln (von frz. *cour* ›Hof‹, ›Aufwartung‹).

27,23 *Schliff:* Die Verwendung militaristischen Vokabulars für erotische Belange zeigt, wie sehr die Armee Leben und Denken Gustls prägt.

27,27 *Graz:* Hauptstadt des Bundeslandes Steiermark, rund 210 km südlich von Wien. In der Monarchie beliebter Wohnort von Beamten im Ruhestand, daher auch »Pensionopolis« genannt.

27,34–28,1 *Hascherl:* (umgangsspr.) armes Kind, schwächliche, arme Person (von mhd. *haeschen* ›schluchzen‹).

29,29 *bis ganz leer wird:* das »es« wird von Gustl mundartlich verschluckt.

29,33 *Burschen:* Offiziersdiener.

30,8 *mit Karenz der Gebühren:* ohne Bezahlung.

30,12 *Gummiradler:* (umgangsspr.) Kutsche mit gummibereiften Rädern.

30,15 *Zeug'l:* (umgangsspr.) Kutsche, Pferdegespann.

30,26 *Säbel:* Laermann (1977a, S. 190) hat auf die offen phallische Bedeutung des Säbels in dieser Episode hingewiesen.

31,29 *Krieg:* Die nächsten kriegerischen Ereignisse sind 1908 die Annexion Bosniens und Herzegowinas und 1912/13 der Balkankrieg.

31,32 f. *Lohengrin:* Romantische Oper in drei Akten von Richard Wagner (1813–83).

32,10 *Fischamend:* Militärischer Fluch in Analogie zum gebräuchlichen »Sakrament«; bei Fischamend in Niederösterreich, donauabwärts von Wien gelegen, war ein militärischer Truppenübungsplatz, wo auch Schnitzler während seines Einjährig-Freiwilligen-Jahres an einem dreitägigen Manöver teilnahm (*Jugend in Wien*, S. 170).

33,2 *Krampen:* (umgangsspr.) hier: magerer Gaul, Mähre.

33,5 *Veigerln:* (umgangsspr.) Veilchen.

33,6 *Schubiak:* auch »Schubiack«: Lump, niederträchtiger Mensch.

33,8 *Weingartl:* Gasthaus »Zum Weingartl« im VI. Bezirk (Mariahilf, Getreidemarkt 5); Stammlokal der Künstler des nahegelegenen Theaters an der Wien.

33,30 *Raunzen:* (umgangsspr.) weinerliche, nörglerische Person.

34,5 *dann wär' Rest:* dann wäre es zu Ende.

34,22 *gespieben:* von *speiben* (umgangsspr.) ›speien, erbrechen‹.

34,24 *lasst sich das … nicht anerkennen:* lässt sich das nicht anmerken. Die umgangssprachliche Wendung lautet eigentlich »sich etwas ankennen lassen«; gespielt wird hier mit dem Wort »anerkennen« im Sinn von ›akzeptieren, achten‹.

34,27 *Nordbahnhof:* 1859–65 durch Theodor Hoffmann in roman-
tisch-historisierendem Stil erbaut (Zugverkehr Richtung
Brünn). 1944/45 durch Bomben zerstört; seine Funktion über-
nahm der aus verkehrstechnischen Gründen an benachbarter
Stelle erbaute Schnellbahnhof Praterstern.

34,27f. *Tegetthoffsäule:* Tegetthoffdenkmal am Praterstern vor dem
Nordbahnhof, 1886 errichtet von Karl Kundmann (Skulptur)
und Carl Hasenauer (Architektur). Eine elf Meter hohe, durch
bronzene Schiffsschnäbel unterbrochene Marmorsäule dient als
Piedestal für die 3,5 Meter hohe bronzene Statue. Admiral Wilhelm Tegetthoff (1827–71) war 1864 Sieger im Seegefecht bei
Helgoland über die Dänen, 1866 vor Lissa über die Italiener.

34,34–35,1 *Bahnzeit:* Die Eisenbahn machte die 1893 mit einer internationalen Vereinbarung festgesetzte Regelung für die bürgerliche Einheitszeit (für Österreich galt die Mitteleuropäische
Zeit, die damaligen östlichen Kronländer der Monarchie rech-
neten nach der Osteuropäischen Zeit) nicht mit, sondern fuhr
nach einer gemeinsamen Eisenbahnzeit.

35,7 *Melange:* lichter Kaffee, etwa gleich viel Milch und Bohnen-
kaffee.

Kipfel: auch Kipferl: Wiener Weißgebäck in Halbmondform
(Hörnchen). Die Legende, das Kipferl stamme aus der Zeit der
Türkenbelagerung von 1683, ist historisch nicht haltbar. Der
früheste Beleg für das Wort datiert in das 13. Jahrhundert.

35,9 *dem wird der Knopf aufgehn:* (umgangsspr.) dem wird ein
Licht aufgehen, der wird endlich begreifen (von umgangsspr.
»Knopf« für ›Knoten‹; aber auch ›dummer Mensch‹).

35,12f. *insultiert:* beleidigt.

35,13 *Fallot:* auch »Fallott«, »Falott«: (umgangsspr.) Gauner (von lat.
fallere ›betrügen‹).

35,34 *Vierundvierziger:* 44. Ungarisches Infanterieregiment.

Schießstätte: Der sog. Elementarschießplatz im XXI. Bezirk an
der alten Donau (Ecke Wagramer Straße 29b, Arbeiterstrand-
badgasse 128); 1871 von der Heeresverwaltung errichtet, bis 1945
in Verwendung.

36,19 *Praterstraße:* Hauptstraße des II. Bezirks (Leopoldstadt), Verbindung vom Prater zum Donaukanal Richtung innere Stadt.

Schnitzler wurde in der Praterstraße (damals: Jägerzeile) 16 geboren.

36,20 *Zug:* Militärische Untereinheit: drei bis vier Züge zu je drei bis vier Gruppen bilden eine Kompanie, zwei Züge zu je zwei bis vier Geschützen eine Batterie, Zugführer ist ein Leutnant oder Feldwebel.

36,22 *Schneid:* (umgangsspr.) Schneide, Schärfe; übertragen: Mut.

36,25 *Komfortabelkutscher:* Komfortabel: einspännige Mietkutsche (von engl. *comfortable* ›bequem‹).

36,28 *Kontenance:* frz. *contenance* ›Haltung, Fassung‹.

37,7 *Nachtkastelladel:* (umgangsspr.) Schublade im Nachttisch.

37,13 *Modistin:* Hutmacherin.

37,18 f. *Jänner:* (österr.) Januar.

37,20 *Zuckerln:* (österr.) Bonbons.

37,25 *Was mir das schon aufliegt:* (umgangsspr.) was mich das schon kümmert.

37,28 *Makulatur:* Begriff aus dem Druckereiwesen: Fehldruck; im übertragenen Sinn: Altpapier, Abfall.

37,30 *»Durch Nacht und Eis«:* Gemeint ist Fridtjof Nansens Werk *In Nacht und Eis. Die Norwegische Polarexpedition 1893–1896,* 2 Bde., Leipzig 1897.

37,33 *Feber:* (österr.) Februar.

39,14 *Krempel:* (umgangsspr.) Kram, Gerümpel.

39,28 *Chargen:* Offiziere und Unteroffiziere.

39,28 f. *Britannikas:* Zigarren zu 14 Heller das Stück, etwas billiger als die später erwähnte Trabucco (Urbach, 1974, S. 107).

39,31 *Rapport:* Bericht, dienstliche Meldung.

39,34 *Burghof:* innerer Hof des Gebäudekomplexes der Hofburg im I. Bezirk. Seit Mitte des 12. Jahrhunderts Residenz der Babenberger, seit 1280 der Habsburger; Regierungs- und Wohnsitz des Kaisers.

40,1 *Bosniaken:* etwas geringschätzige Bezeichnung für Angehörige eines Regiments aus Bosnien-Herzegowina.

40,2 *im 78er Jahr:* Nach dem Aufstand 1875 in der Herzegowina, der sich zu einem Befreiungskrieg Montenegros und Serbiens gegen die Türken ausweitete, begann Russland 1877 einen Krieg gegen die Türken mit dem Ziel der Besetzung weiter Teile der

Balkanstaaten. Daraufhin annektierte Österreich Bosnien und Herzegowina mit Unterstützung der Westmächte, die auf dem Berliner Kongress 1878 Österreich-Ungarn das europäische Mandat zur unbefristeten Besetzung übertrugen.

40,11 *Wymetal:* vermutlich eine Anspielung auf Wilhelm von Wymetal (1863–1937), Schauspieler, später Oberspielleiter an der Wiener Staatsoper; spielte am Neuen Deutschen Theater in Prag in einer Reihe von Schnitzler-Inszenierungen, unter anderem auch den Husarenleutnant Vogel in dem ebenfalls die Duellproblematik behandelnden Schauspiel *Freiwild* (*Briefe 1875–1912*, S. 887).

40,15 *Volksgarten:* Wiener Parkanlage, angelegt 1821–23 zwischen Hofburg und Burgtheater. Im Kaffeesalon im Volksgarten konzertierten Johann Strauß (1804–49) und Josef Lanner (1801–43), später dann diverse Militärkapellen.

40,16 f. *Strozzigasse:* im VIII. Bezirk (Josefstadt).

40,31 *es hat's mir ja keiner g'schafft:* (umgangsspr.) von *(an)schaffen* für ›befehlen‹.

41,19 *Kaution:* Um heiraten zu können, musste jeder junge Leutnant eine Kaution hinterlegen, deren Höhe je nach Rang genau festgelegt war und die von der Braut als Mitgift in die Ehe eingebracht werden musste.

42,1 *Florianigasse:* im VIII. Bezirk (Josefstadt).

42,16 *Tarok:* Tarock (von ital. *tarocco*), auch Tarot (von frz. *tarot*): Kartenspiel; verschiedene Spielvarianten mit unterschiedlicher Kartenzahl für drei oder vier Teilnehmer.

42,21 *schlieft ... hinein:* (umgangsspr.) schlüpft hinein.

42,30 *Haut:* Die sich auf kochender Milch absetzende Haut galt vor allem in der einfachen Bevölkerung oft als Leckerbissen (Politzer, 1962, S. 53).

43,5 f. *kein leerer Wahn:* Anspielung auf den Schlussvers von Friedrich Schillers Ballade *Die Bürgschaft:* »Und die Treue, sie ist doch kein lehrer Wahn – / So nehmet auch mich zum Genossen an! / Ich sei, gewährt mir die Bitte, / In eurem Bunde der Dritte.« Die Bildungsphrase, die sich im Denken Gustls mit dem Wohlbehagen an der heißen Tasse Kaffee verbindet, setzt einen ironischen Schlusspunkt in der unfreiwilligen Selbstentlarvung durch den ungehemmt dahintreibenden Bewusstseinsstrom.

43,9 *Semmeln:* (österr.) Weißgebäck.

43,18 *um zwölf der Schlag getroffen:* Als Gustl nach dem Streit mit dem Bäckermeister seine nächtliche Wanderung beginnt, zählt er die Glockenschläge: es ist elf Uhr (19,32). Wenig später spielt er mit dem Gedanken, den Bäckermeister könnte »heut' Nacht der Schlag« treffen (21,11). Dieser Todeswunsch und der reale Tod des Bäckermeisters sind also ungefähr zeitgleich erfolgt.

43,26 *neben die Herren Offiziere:* österreichischer Akkusativ.

44,7 *Bussel:* auch Busserl: (umgangsspr.) Kuss.

44,13 *auf'm Fleck:* vom Fleck weg, sofort.

44,24 *auf's Billard:* auf den Billardtisch, der – wie das Schachbrett – zum Standardinventar des Wiener Kaffeehauses gehörte.

44,32 *nichts ist g'schehn:* »Gut ist es gegangen, nichts ist geschehen«: gebräuchliche österreichische Redensart für ›noch einmal davongekommen sein‹.

45,2 *Feuerburschen:* Einheizer; versorgt in Gastwirtschaften die Öfen.

45,7 *alles g'hört wieder mein:* (umgangsspr.) alles gehört wieder mir.

45,8 *einbrock':* (umgangsspr.) in den Kaffee eintauche.

45,15 *Trabucco:* bessere Mittelklassezigarre der Österreichischen Tabakregie (klein, hell, leicht) zu 16 Heller das Stück (vgl. Urbach, 1974, S. 107).

45,22 *und wenn's Graz gilt:* (Militärjargon) um jeden Preis, auch wenn alles auf dem Spiel steht. Gustl wählt diese Wendung (die auf einen Ausspruch Kaiser Ferdinands II. zurückgehen soll) unbewusst vielleicht auch, weil er seine Heimatstadt Graz, mit der ihn nur unangenehme Erinnerungen verbinden, besonders gern »aufs Spiel setzt« (Politzer, 1962, S. 53f.).

45,25 *Krenfleisch:* Rindfleisch mit Meerrettich (österr.: Kren).

Literaturhinweise

Zu *Lieutenant Gustl*

Alexander, Theodor W.: Schnitzler and the Inner Monologue. A Study in Technique. In: Journal of the International Arthur Schnitzler Research Association 6 (1967) Nr. 2. S. 4–20.

– / Alexander, Beatrice W.: Schnitzler's *Leutnant Gustl* and Dujardin's *Les Lauriers sont coupés*. In: Modern Austrian Literature. Journal of the International Arthur Schnitzler Research Association 2 (1969) Nr. 2. S. 7–15.

Allerdissen, Rolf: Arthur Schnitzler: Impressionistisches Rollenspiel und skeptischer Moralismus in seinen Erzählungen. Bonn 1985. S. 14–33.

Alter, Maria Pospischil: Ferdinand von Saars *Leutnant Burda* und Arthur Schnitzlers *Leutnant Gustl*. Entwurzelung und Desintegration der Persönlichkeit. In: Eijiro Iwasaki (Hrsg.): Begegnungen mit dem »Fremden«. Grenzen – Traditionen – Vergleiche. Bd. 10: Identitäts- und Differenzerfahrung im Verhältnis von Weltliteratur und Nationalliteratur. München 1991. (Akten des Internationalen Germanistik-Kongresses. 8.) S. 133–139.

Bissinger, Helene: Die »erlebte Rede«, der »erlebte innere Monolog« und der »innere Monolog« in den Werken von Hermann Bahr, Richard Beer-Hofmann und Arthur Schnitzler. Diss. Köln 1953.

Dethlefsen, Dirk: Überlebenswille: Zu Schnitzlers Monolognovelle *Leutnant Gustl* in ihrem literarischen Umkreis. In: Seminar 17 (1981) Nr. 1. S. 50–72.

Diersch, Manfred: Empiriokritizismus und Impressionismus. Über Beziehungen zwischen Philosophie, Ästhetik und Literatur um 1900 in Wien. Berlin 1973. ²1977. S. 246–254.

Donahue, William Collins: The role of the »Oratorium« in Schnitzler's *Leutnant Gustl*: divine and decadent. In: New German Review. A Journal of Germanic Studies (1989/90) Nr. 5/6. S. 29–42.

Doppler, Alfred: Arthur Schnitzler, »Leutnant Gustl«. In: Interpretationen zur österreichischen Literatur. Hrsg.: Institut für Österreichkunde. Wien 1971. S. 53–61.

Doppler, Alfred: Innerer Monolog und soziale Wirklichkeit. Arthur Schnitzlers Novelle *Leutnant Gustl*. In: A. D.: Wirklichkeit im Spiegel der Sprache. Aufsätze zur Literatur des 20. Jahrhunderts in Österreich. Wien 1975. S. 53–64. [Erw. Fass. von Doppler, 1971.]

– Leutnant Gustl und Leutnant Willi Kasda. Die Leutnantsgeschichten Arthur Schnitzlers. In: Im Takte des Radetzkymarschs ... Der Beamte und der Offizier in der österreichischen Literatur. Hrsg. von Joseph P. Strelka. Bern [u.a.] 1994. (New Yorker Beiträge zur Österreichischen Literaturgeschichte. 1.) S. 241–254.

– Le sous-lieutenant Gustl et le sous-lieutenant Willi Kasda. (Les histoires de sous-lieutenants d'Arthur Schnitzler.) In: Austriaca. Cahiers Universitaires d'Information sur l'Autriche 19 (1994) Nr. 39. S. 9–19. [Erw. Fassung von Doppler, 1994.]

Duhamel, Roland: Arthur Schnitzlers Modernität – am Beispiel von *Leutnant Gustl*. In: Germanistische Mitteilungen (1984) Nr. 19. S. 18–24.

Ekfelt, Nils: Schnitzler's *Leutnant Gustl*: Interior Monologue or Interior Dialogue? In: Sprachkunst. Beiträge zur Literaturwissenschaft (11) 1980. Nr. 1. S. 19–25.

Fischer, Uve: L'io come sensazione nel *Sottotenente Gustl* di Schnitzler. In: Linguistica e letteratura 4 (1979) H. 1. S. 95–126.

Foster, Ian: Arthur Schnitzler. The Schnitzler Affair. *Leutnant Gustl*, Military Education and Officer Recruitment. In: I. F.: The Image of the Habsburg Army in Austrian Prose Fiction 1888 to 1914. Frankfurt a.M. [u.a.] 1991. S. 232–261.

Freeman, Thomas: Leutnant Gustl: A Case of Male Hysteria? In: Modern Austrian Literature. Journal of the International Arthur Schnitzler Research Association 25 (1992) Nr. 3/4. S. 41–51.

Fritsche, Alfred: Dekadenz im Werk Arthur Schnitzlers. Bern 1974. S. 139–146.

Gebel, Susanne: Die Gesellschaftskritik in Arthur Schnitzlers Novellen *Leutnant Gustl, Fräulein Else* und *Spiel im Morgengrauen*. Univ. Hausarb., Univ. Wien, 1980.

Geißler, Rolf: Bürgerliche Literatur am Ende. Epochalisierung am Beispiel von drei Erzählungen Schnitzlers. In: R. G.: Arbeit am literarischen Kanon. Perspektiven der Bürgerlichkeit. Paderborn/Wien [u.a.] 1982. S. 115–137.

Grossberg, Mimi: Arthur Schnitzlers Porträt eines Leutnants. In: M. G.: Die k.u.k. Armee in der österreichischen Satire. Wien 1974. S. 31–36.

Hajek, Edelgard: Literarischer Jugendstil. Vergleichende Studien zur Dichtung und Malerei um 1900. Düsseldorf 1971. S. 70–79.

Herrig, Rudolf: Die erzählenden Schriften Arthur Schnitzlers. Erzählsituation, Problemstruktur und Leseerlebnis. Phil. Diss., Univ. of Pittsburgh, 1973. [S. 128–150.]

Hornig, Dieter: Remarques sur la stratégie narrative d'Arthur Schnitzler (Sous-lieutenant Gustl – Le Retour de Casanova – Mademoiselle Else). In: Arthur Schnitzler. Actes du Colloque du 19–21 Octobre 1981. Hrsg. und übers. von Gilbert Ravy. Paris 1983. S. 79–95.

Jäger, Manfred: Schnitzlers Leutnant Gustl. In: Wirkendes Wort 15 (1965) Nr. 5. S. 308–316.

Jones, George Fenwick: Honor in German Literature. Chapel Hill 1959. (University of North Carolina Studies in Germanic Languages and Literatures. 25.) S. 187–189.

Jülchen, Aurel von: Lebenslüge oder Lieutenant Gustl von Arthur Schnitzler. In: A.v.J.: Das Tabu des Todes und der Sinn des Sterbens. Stuttgart 1984. S. 71–77.

Kaiser, Erich: Arthur Schnitzler, Leutnant Gustl und andere Erzählungen. Interpretation. München 1997. (Oldenbourg-Interpretationen. 84.) [S. 39–53, 88–95.]

Keiser, Brenda: Deadly Dishonour. The Duel and the Honor Code in the Work of Arthur Schnitzler. New York [u.a.] 1989.

Knilli, Friedrich: Leutnant Gustl – ein k.u.k. Antisemit aus bundesrepublikanischer Sicht. In: Literatur in den Massenmedien – Demontage von Dichtung? Hrsg. von F. K., Knut Hickethier und Wolf Dieter Lützen. München 1976. S. 139–164.

Knorr, Herbert: Experiment und Spiel. Subjektivitätsstrukturen im Erzählen Arthur Schnitzlers. Frankfurt a.M. [u.a.] 1988. [S. 93–102.]

Kunz, Ulrike: Arthur Schnitzler: Leutnant Gustl. In: U. K.: »Der Zeit ihre Kunst, der Kunst ihre Freiheit«. Ästhetizistischer Realismus in der europäischen Décadenceliteratur um 1900. Hamburg 1997. S. 323–428.

Laermann, Klaus: Leutnant Gustl. In: Rolf-Peter Janz / K. L.: Arthur Schnitzler: Zur Diagnose des Wiener Bürgertums im Fin de siècle. Stuttgart 1977. S. 110–130.

– Zur Sozialgeschichte des Duells. In: Janz/Laermann, 1977. S. 131–154.

Lawson, Richard H.: A Reinterpretation of Schnitzler's *Leutnant Gustl*. In: Journal of the International Arthur Schnitzler Research Association 1 (1962) Nr. 2. S. 4–19.

Leiß, Ingo / Stadler, Hermann: Arthur Schnitzler: *Leutnant Gustl*. In: I. L. / H. S.: Wege in die Moderne 1890–1918. (Deutsche Literaturgeschichte. Bd. 8.) München 1997. S. 197–203.

Leroy, Robert / Pastor, Eckart: Der Sprung ins Bewusstsein. Zu einigen Erzählungen von Arthur Schnitzler. In: Zeitschrift für deutsche Philologie 95 (1976) Nr. 4. S. 481–495.

Lindken, Hans Ulrich: Leutnant Gustl. In: H. U. L.: Interpretationen zu Arthur Schnitzler. Drei Erzählungen. München 1970. (Interpretationen zum Deutschunterricht.) S. 76–99.

– Vor- und Nachspiele zu Arthur Schnitzlers *Leutnant Gustl*. In: H. U. L. (Hrsg.): Das Magische Dreieck. Polnisch-deutsche Aspekte zur österreichischen und deutschen Literatur des 19. und 20. Jahrhunderts. Frankfurt a. M. [u.a.] 1992. S. 49–75.

Morris, Craig: Der vollständige innere Monolog: eine erzählerlose Erzählung? Eine Untersuchung am Beispiel von »Leutnant Gustl« und »Fräulein Else«. In: Modern Austrian Literature. Journal for the International Arthur Schnitzler Research Association 31 (1998) Nr. 2. S. 30–51.

Neuse, Werner: »Erlebte Rede« und »Innerer Monolog« in den erzählenden Schriften Arthur Schnitzlers. In: Publications of the Modern Language Association of America 49 (1934) Nr. 1. S. 327–355.

Plant, Richard: Notes on Arthur Schnitzler's Literary Technique. In: The Germanic Review 25 (Febr. 1950) S. 13–25.

Politzer, Heinz: Nachwort. In: Arthur Schnitzler: Leutnant Gustl. Nachw. und Anm. von H. P. Berlin 1962. (S. Fischer Schulausgaben. Texte moderner Autoren.) S. 40–50.

Politzer, Heinz: Diagnose und Dichtung. Zum Werk Arthur Schnitzlers. In: H. P.: Das Schweigen der Sirenen. Studien zur deutschen und österreichischen Literatur. Stuttgart 1968. S. 110–141.

Rieder, Heinz: Österreichische Moderne. Studien zum Weltbild und Menschenbild in ihrer Epik und Lyrik. Bonn 1968. S. 40–44.

Roberts, Adrian Clive: The Code of Honor in fin-de-siècle Austria: Arthur Schnitzler's Rejection of the »Duellzwang«. In: Modern Austrian Literature. Journal of the International Arthur Schnitzler Research Association 25 (1992) Nr. 3/4. S. 25–40.

Roosen, Claudia: Das Stigmatisieren des impressionistischen Lebensstils: *Leutnant Gustl*. In: C. R.: »Helden der Krise« in den Erzählungen Arthur Schnitzlers. Frankfurt a.M. [u.a.] 1994. S. 71–76.

Schinnerer, Otto P.: Schnitzler and the Military Censorship. Unpublished Correspondence. In: The Germanic Review 5 (1930) Nr. 3 (Juli) S. 238–246.

Schmidt-Dengler, Wendelin: Arthur Schnitzler: *Leutnant Gustl*. In: Interpretationen. Erzählungen des 20. Jahrhunderts. Bd. 1. Stuttgart 1996. S. 21–37.

Schnitzler, Arthur: Die Wahrheit über *Leutnant Gustl*. Eine Novelle, die einst zu einer »Affäre« wurde. In: Die Presse. 25. Dezember 1959. S. 9.

Schoeller, Wilfried F.: Leutnant Gustl. In: Kindlers Neues Literatur Lexikon. Bd. 14. München 1991. S. 1031f. (Zuerst in: Kindlers Literatur Lexikon. Bd. 4. Zürich 1964. Sp. 1407–09.)

Segal, Naomi: Style indirect libre to Stream-of-Consciousness: Flaubert, Joyce, Schnitzler, Woolf. In: Peter Collier / Judy Davies (Hrsg.): Modernism and the European Unconscious. New York 1990. S. 94–114.

Sosnosky, Theodor von: Unveröffentlichte Schnitzler-Briefe über die »Leutnant Gustl-Affäre«. Eine Sensation vor dreißig Jahren. In: Neues Wiener Journal. 26. Oktober 1931.

Stipa Madland, Helga: Baroja's *Camino de perfección* and Schnitzler's *Leutnant Gustl*. Fin de siècle Madrid and Vienna. In: Comparative Literature Studies 21 (1984) Nr. 3. S. 306–322.

Storz, Gerhard: Über den »monologue intérieur« oder die »Erlebte Rede«. In: Der Deutschunterricht 7 (1955) Nr. 1. S. 41–50.

Surowska, Barbara: Schnitzlers innerer Monolog im Verhältnis zu Dujardin und Dostojewski. In: Theatrum Europaeum. Festschrift Elida Maria Szarota. Hrsg. von Richard Brinkmann [u.a.]. München 1982. S. 549–558.

– Schnitzlers *Leutnant Gustl* (1900). In: Acta Universitatis Nicolai Copernici. Nauki humanistyczno-spoleczne. Filologia Germańska. Toruń 1986. S. 25–54.

– Die Bewusstseinsstromtechnik im Erzählwerk Arthur Schnitzlers. Warschau 1990. S. 157–192.

Szasz, Ferenc: Der k.u.k. Leutnant um 1900 aus österreichisch-ungarischer Sicht. In: Festschrift Karl Mollay zum 65. Geburtstag. Hrsg. von Antal Madl. Budapest 1978. (Budapester Beiträge zur Germanistik. 4.) S. 269–281.

Tumanov, Vladimir A.: Unframed direct interior monologue in European fiction. A study of four authors [Vsevolod Garšin: *Četyre dnja*, 1877; Edouard Dujardin: *Les Lauriers sont coupés*, 1888; Arthur Schnitzler: *Leutnant Gustl*, 1900; Valéry Larbaud: *Amants, heureux amants*, 1923]. Phil. Diss., Univ. of Alberta, 1993.

Vanhelleputte, Michel: Der Leutnant und der Tod: Betrachtungen zu einem Schnitzlerschen Thema. In: Littérature et culture allemandes: Hommages à Henri Plard. Hrsg. von Roger Goffin [u.a.]. Brüssel 1985. S. 217–236.

W., Fred [d.i.: Alfred W. Fred]: Der Dichter vor dem Ehrengericht. In: Die Nation 18 (1901) Nr. 39. 29. Juni 1901. S. 616 f.

Weiß, Robert O.: The Human Element in Arthur Schnitzler's Social Criticism. In: Modern Austrian Literature. Journal of the International Arthur Schnitzler Research Association 5 (1972) Nr. 1/2. S. 30–44.

Weißensteiner, Ines: Sozialkritik in Arthur Schnitzlers Monologerzählungen *Leutnant Gustl* und *Fräulein Else*. Dipl. Arb., Univ. Klagenfurt, 1993.

Willenberg, Heiner: Die Darstellung des Bewusstseins in der Literatur. Vergleichende Studien zu Philosophie, Psychologie und deutscher Literatur von Schnitzler bis Broch. Frankfurt a.M. 1974. S. 75–95.

Wilpert, Gero von: Leutnant Gustl und seine Ehre. In: Die Ehre als literarisches Motiv. Eric W. Herd zum 65. Geburtstag. Hrsg. von August Obermayer. Dunedin 1986. (Otago German Studies. 4.) S. 120–139.

Wisely, Andrew C.: Arthur Schnitzler and the Discourse of Honor and Dueling. New York [u.a.] 1996.

Worbs, Michael: *Leutnant Gustl* (1900). Zur Entstehung des inneren Monologs. In: M. W.: Nervenkunst. Literatur und Psychoanalyse im Wien der Jahrhundertwende. Frankfurt a.M. 1983. S. 237–242.

Zenke, Jürgen: Die deutsche Monologerzählung im 20. Jahrhundert. Köln/Wien 1976. S. 69–84.

Weitere Quellen

Schnitzler, Arthur: Briefe 1875–1912. Hrsg. von Therese Nickl und Heinrich Schnitzler. Frankfurt a.M.: S. Fischer, 1981. [Zit. als: Briefe 1875–1912.]

– Jugend in Wien. Eine Autobiographie. Hrsg. von Therese Nickl und Heinrich Schnitzler. Nachw. von Friedrich Torberg. Wien/München/Zürich: Molden, 1968. – Tb.-Ausg.: Frankfurt a.M.: Fischer Taschenbuch Verlag, 1981. [Zit. als: Jugend in Wien.]

– Tagebuch 1893–1902. [Hrsg. von] Werner Welzig. Wien: Verlag der Österreichischen Akademie der Wissenschaften, 1989. [Zit. als: Tagebuch 1893–1902.]

Fischer, Jens Malte: Fin de siècle. Kommentar zu einer Epoche. München 1978.

Keller, Ursula: Böser Dinge hübsche Formel. Das Wien Arthur Schnitzlers. Berlin 1984. – Tb.-Ausg.: Frankfurt a.M. 1996.

Pollak, Michael: Wien 1900. Eine verletzte Identität. Aus dem Frz. übers. von Andreas Pfeuffer. Konstanz 1997.

Reik, Theodor: Arthur Schnitzler als Psycholog. Hrsg., eingel. und mit Anm. vers. von Bernd Urban. Frankfurt a.M. 1993. [Zuerst: Minden 1913.]

Urbach, Reinhard: Schnitzler-Kommentar zu den erzählenden Schriften und dramatischen Werken. München 1974. [*Leutnant Gustl:* S. 103–107.]

Nachwort

Ein junger Mann besucht ein geistliches Konzert und genießt es: »In einem Oratorium könnt' ich doch die halbe Nacht sitzen!« Glücklicherweise hat »Fräulein Stephanie« die Vereinbarung für den heutigen Abend abgesagt, weil sie mit ihrem jüdischen Bräutigam ausgeht, und: »ich liebe die Israeliten sehr«. Das Verhältnis zu Stephanie ist ohnehin platonisch, denn unsittliche Verhältnisse passen dem Jüngling nicht. Zum Militär hingegen wollte er schon als kleiner Bub, »weil ich à tout prix das Vaterland hab' verteidigen wollen, das doch immerfort in Gefahr ist«. Nach dem Ende des Konzerts fühlt er sich im Gedränge an der Garderobe vom Blick eines dicken Herrn getroffen: »Ich hab' in diesem Blick gelesen, dass er sich denkt: Dummer Bub! ... Jetzt müsste ich eigentlich den Säbel ziehn und ihn totschlagen ... Aber nein, ich schenk ihm das Leben und werde lieber selbst sterben, da ich mit diesem Flecken auf meiner Ehre nicht weiterexistieren kann ...«.[1] – Dieser unwahrscheinliche Musterknabe ist, natürlich, die Selbstparodie eines Autors, der für die lebensechte Originalfigur böse Kritiken, hämische Angriffe und schließlich eine veritable Degradierung einstecken musste. Arthur Schnitzler (1862–1931) hatte mit seinem *Lieutenant Gustl* (1900) die Ehre des k. u. k. Offizierskorps verletzt. Seine Novelle, Mitte Juli 1900 entstanden und am 25. Dezember in der Weihnachtsbeilage der *Neuen Freien Presse* abgedruckt, hatte die Dürftigkeit ebendieses Ehrbegriffs ungerührt freigelegt. Die Absurdität des parodistisch gezeichneten Tugendbolds macht die Differenz zwischen dem Selbstbild und der Realität des Offiziersstandes noch einmal deutlich: In der langen Friedensperiode vor dem Ende der Habsburger-Monarchie sollte das

---

1 Arthur Schnitzler, *Leutnant Gustl. Parodie*, undat. Manuskript aus dem Nachlass, 5 Seiten, Masch.; Mappe 167, Bl. 111.

Militär sein aggressives Potential zugleich auf der Höhe und unter Kontrolle halten, was eine extreme Spannung zwischen Superioritätsgefühlen und mentaler Dressur hervorrief. Die entsprechenden Beschädigungen hat Schnitzler kritisch gezeigt, aber nicht von außen: Es macht die Einzigartigkeit seiner Novelle aus, dass sie den Leser in die Enge dieses Bewusstseins unmittelbar und beklemmend hineinführt. Dutzende Male gedeutet, steht der Rang des *Lieutenant Gustl* als einer der zentralen und innovativsten Texte der Wiener Moderne inzwischen fest.

*

»Wie lang wird denn das noch dauern?«, lautet der erste Satz, ein beiläufig-ironischer Beginn, der die Tradition des tiefsinnigen Roman- oder Novellenanfangs nonchalant unterbietet. Hier wird eben kein klassischer »epischer Atem« geholt, im Gegenteil, dem Helden wird mitunter die Luft ausgehen. Mit den ersten Worten ist auch die Erzählerposition markiert: Es spricht also, in der ersten Person und im Präsens, ein »Ich«, das nach und nach als Leutnant der k. u. k. Armee identifizierbar wird, drei- oder vierundzwanzigjährig, Sohn eines kleinen Beamten. Was ihm zustoßen wird, ist einigermaßen trivial: Er wird sich, im Gedränge an der Garderobe nach einem geistlichen Konzert, von einem Bäckermeister beleidigt fühlen und sich erschießen wollen, weil er seine Ehre anders nicht retten zu können glaubt; nach der in solchen Ängsten verbrachten Nacht wird er aber erfahren, dass den Bäckermeister der Schlag getroffen hat, und sich flugs zum Weiterleben entschließen. All das wird man unmittelbar aus seiner Sicht erfahren, mit seinen Worten, im selben Augenblick. Diese Erzählform stellte eine bedeutsame Premiere in der deutschsprachigen Literatur dar. Der sogenannte »Innere Monolog« bringt den klassischen Erzähler zum Verschwinden und lässt als Sprecher nur mehr die Figur zu. Diese wiederum erzählt nicht mehr aus der geruhsamen Distanz des erinnernden Ich der autobiographischen Romane, sondern teilt gleichsam ihr unmittelbares gegenwärtiges Erleben mit, ihre Wahrnehmungen, Assoziationen, Gedankensplitter.

Im Deutschen ein Novum, gab es für diese Technik mindestens eine französische Vorlage, nämlich den Roman *Les lauriers sont coupés* (1888) von Edouard Dujardin, den Schnitzler im Oktober 1898 gelesen hatte. Schnitzler wies selbst einmal darauf hin, dass Dujardins Buch »der erste Anlaß zu der *Form*« seiner Novelle gewesen sei – er fuhr allerdings fort, es habe »dieser Autor für seine Form nicht den rechten Stoff zu finden« gewusst.[2] In der Tat ist es eine ziemlich banale unglückliche Liebesgeschichte, durch die der Leser den Studenten Daniel Prince fiktive sechs Stunden lang begleitet. Dujardins Roman geriet denn auch völlig in Vergessenheit, bis ihn James Joyce als Vorbild für seinen Roman *Ulysses* (1922) nannte. Schnitzler seinerseits verwendete nach dem *Lieutenant Gustl* die Form fast ein Vierteljahrhundert lang nicht mehr; erst 1924 erschien seine zweite Monolognovelle, diesmal aus der Sicht einer weiblichen Figur, des *Fräulein Else*.

Kennzeichen des »Inneren Monologes« jedenfalls ist die direkte Präsenz des Figuren-Ich, das sich aber nicht in Form einer Ansprache an den Leser richtet, sondern gleichsam unmittelbar in seinen Bewusstseinsvorgängen zu belauschen ist. Mit der Bezeichnung »Bewusstseinsvorgänge« sind dabei nicht in erster Linie rationale Denkprozesse, Überlegungen, logische Schlüsse gemeint – dazu wäre Schnitzlers Gustl mitunter auch gar nicht in der Lage. Der »Innere Monolog« bringt vor allem Inhalte zur Sprache, die dem Bereich des Unbewussten oder zumindest des Vorbewussten angehören. Aus-

---

2 Brief vom 11.6.1901, in: Georg Brandes und Arthur Schnitzler, *Ein Briefwechsel*, hrsg. von Kurt Bergel, Bern 1956, S. 88.

gedrückt werden noch unkontrollierte Reflexe und Emotionen, Vorurteile und Einstellungen. Dieser Effekt ist selbstverständlich paradox: Der Leser soll Zeuge von noch nicht verbalisierten Empfindungen werden, die freilich gar nicht anders dargestellt werden können als in Sprache. Schnitzler gelingt aber in seiner Novelle ein besonders überzeugendes Konstrukt: Einerseits werden nach und nach alle nötigen Informationen geliefert, etwa über Gustls familiären Hintergrund, seine Schulbildung, seine Beziehungen zu Frauen und Kameraden; andererseits wirken auch die Momentaufnahmen des psychischen Prozesses plausibel. Damit löst Schnitzler ein literarisches Programm ein, das über zehn Jahre zuvor aufgestellt worden war und hinterher den Rang einer Gründungsschrift der Wiener Moderne erhielt: Hermann Bahrs Essay *Die neue Psychologie* (1890).

Hermann Bahrs Bedeutung liegt darin, für die Autoren der Wiener Moderne zum Wegbereiter, zum Sprachrohr, zum Propagandisten und Programmatiker geworden zu sein. Seine theoretischen Anstrengungen sind schon insofern von Belang, als die Autoren der Wiener Moderne notorisch a-theoretische Schriftsteller waren. Im Gegensatz etwa zum Berliner Naturalismus hat es unter ihnen kaum Absichtserklärungen, ästhetische oder poetologische Grundsatzdebatten gegeben. Dafür ist Hermann Bahr eingesprungen, wobei er in der Tat die jeweils aktuellsten literarischen Trends aufspürte. Eine »neue Psychologie« also verlangte Bahr 1890 als Reaktion auf den damals noch keineswegs überwundenen Naturalismus. Was die Menschen immerfort interessiere, so Bahr, seien nicht die äußeren, »naturalistisch« geschilderten Tatsachen, sondern die inneren Zustände, das Persönliche, »was Fleisch von dem unseren und Blut von dem unseren und Nerv von dem unseren ist«. Die geforderte »neue Psychologie« dürfe dabei aber nicht wieder hinter den Naturalismus zurückfallen; sie müsse, als Methode der Darstellung, »deterministisch, dialectisch und decompositiv« sein. »Deterministisch« daran sei das naturalistische Erbe, die Reaktionen eines Individuums milieu- und entwicklungsbedingt zu erklären. Ferner solle das Seelenleben in seiner ganzen Komplexität, der Umschlag eines Gefühls in das andere »dialectisch« dargestellt werden. Und schließlich arbeite das neue Verfahren »decompositiv«, »indem die Zusätze, Nachschriften und alle Umarbeitungen des Bewusstseins ausgeschieden und die Gefühle auf ihre ursprüngliche Erscheinung vor dem Bewusstsein zurückgeführt werden«. Die neue Psychologie würde die »ersten Elemente« der psychischen Bewegungen suchen, »die Anfänge in den Finsternissen der Seele, bevor sie noch an dem klaren Tag herausschlagen«. Realisiert werden müsse dieses Projekt dann wohl in der »Ich-Form« des Erzählens, die der neuen Psychologie aber höchstens eine »Noth-Unterkunft« gewähren könne, denn um das reflektierte Bewusstsein eines klassischen Ich-Erzählers gehe es eben nicht mehr. Zu finden sei eine Form für »die Erscheinungen auf den Nerven und Sinnen, noch bevor sie in das Bewusstsein gelangt sind, in dem rohen und unverarbeiteten Zustande«. Wie die Lösung des Problems dann genau aussehen sollte, könne er, Bahr, nicht sagen – das stehe über seinem Vermögen als Kritiker. Wenn aber die geforderte neue Methode einmal gefunden sei, dann ließe sich damit wohl auch eine ganz einfache Geschichte mit staunenswerter »Intensität der Wahrheit« erzählen.[3]

Schnitzlers *Lieutenant Gustl* gibt dann, zehn Jahre später, tatsächlich eine Antwort auf Hermann Bahrs programmatische Forderung. Der »Innere Monolog« erlaubt jene Einsicht in die Vorgänge der »Nerven und Sinne«, die Hermann Bahr meinte. Der Leser ist gleichsam als sehender Passagier im Kopf

3 Hermann Bahr, *Die neue Psychologie* [1890], zit. nach: *Das Junge Wien. Österreichische Literatur- und Kunstkritik 1887–1920*, hrsg. von Gotthart Wunberg, 2 Bde., Tübingen 1976, Bd. 1, S. 92–101, S. 94 f., 98.

Gustls dabei. Soweit das verbal überhaupt möglich sein kann, erscheint Gustls Monolog als eine Rede *vor* den zensierenden Eingriffen des Bewusstseins; die Struktur dieser Rede ist aber keineswegs chaotisch oder auch nur beliebig. Mit dem »Inneren Monolog« war ein Modus gefunden, der wie kein anderes Stilmittel die »Desorganisation seiner Inhalte organisiert«.[4] Denn obwohl nur Gustl »spricht«, führt eine verdeckte Erzählinstanz immerzu Regie. Sie ist es ja, die es dem Leser erlaubt, die textuellen Ordnungssysteme überhaupt wahrzunehmen und von daher Gustls Devianzen zu beurteilen. Erst indem die Koordinaten von Gustls Weltsicht freigelegt und die Kontrollmechanismen von Gustls Psyche bestimmt werden, kann der Leser auch verfolgen, wie Gustl ständig an die Grenzen dieser Kontrolle gerät.

*

»Wie lang wird denn das noch dauern?«, so also beginnt es, und Gustl fährt fort: »Ich muss auf die Uhr schauen ... schickt sich wahrscheinlich nicht in einem so ernsten Konzert. Aber wer sieht's denn? Wenn's einer sieht, so passt er gerade so wenig auf, wie ich, und vor dem brauch' ich mich nicht zu genieren ... Erst viertel auf Zehn? ... Mir kommt vor, ich sitz' schon drei Stunden in dem Konzert« (7). Dem Blick auf die Uhr folgt beides: die präzise Zeitangabe, und die subjektive Abweichung in Gustls Zeitempfinden. Nimmt man die Frage ernst (»Wie lang wird denn das noch dauern?«), so kann man antworten, dass die Novelle durch ein dichtes Netz von Zeitangaben strukturiert wird, um »viertel auf zehn« beginnt und um etwa sechs Uhr am nächsten Morgen endet; in diesen acht Stunden spielt sich so etwas ab wie die Parodie der »letzten

---

4 Klaus Laermann, »Leutnant Gustl«, in: Rolf-Peter Janz / K. L.: *Arthur Schnitzler: Zur Diagnose des Wiener Bürgertums im Fin de siècle*, Stuttgart 1977, S. 110–130, S. 117.

Nacht« eines zum Tode Verurteilten. Die Turbulenzen seines Bewusstseins sind aber in ein sehr genaues Zeit- und Raumsystem gebettet, in einen exakten Stunden- und Stadtplan, an dem sich der Leser ständig orientieren kann, während Gustl aus diesem primären Orientierungsrahmen immerfort herausfällt.

Nach dem Ende des Konzerts und dem Zusammenstoß mit dem Bäcker läuft Gustl erst einmal, quasi im Schock, auf der Straße dahin: »Nachmittag war noch alles gut und schön, und jetzt bin ich ein verlorener Mensch und muss mich totschießen ... Warum renn' ich denn so? Es läuft mir ja nichts davon ... Wieviel schlagt's denn? ... 1, 2, 3, 4, 5, 6, 7, 8, 9, 10, 11 ... elf, elf ...« (19). Eine Stunde später hat er sich in der Praterallee auf eine Bank gesetzt: »Wie lang werd' ich denn da noch sitzen bleiben? Es muss Mitternacht vorbei sein ... hab' ich's nicht früher schlagen hören?« (30). Noch etwas später schläft er dann wirklich erschöpft ein, und als er wieder erwacht, weiß er sich im Augenblick nicht zurechtzufinden: »Wie lang hab' ich denn geschlafen? – Muss auf die Uhr schau'n ... [...] Drei ...« (32). Wie die Zitate zeigen, sind die betreffenden Erzählabschnitte durch Anaphern, das sind (fast) wörtliche Wiederholungen der Einsätze, gegliedert. Zu Beginn hieß es: »Wie lang wird denn das noch dauern? Ich muss auf die Uhr schauen ...« (7); vor dem Schlaf: »Wie lang werd' ich denn da noch sitzen bleiben? Es muss Mitternacht vorbei sein ...« (30); nach dem Schlaf: »Wie lang hab' ich denn geschlafen? – Muss auf die Uhr schau'n ...« (32). Schon diese klare rhetorische Struktur zeigt, dass Schnitzler seinen Gustl nicht »unkontrolliert« sprechen lässt; dass es naiv wäre zu meinen, hier herrsche erzählerische Anarchie. Gustls »Spontaneität« ist, ganz im Gegenteil, ein Effekt des genauesten narrativen Kalküls.

Auf der Bahnhofsuhr, an der Gustl wenig später vorbeikommt, ist es halb vier (34), und kurz bevor er das Kaffeehaus betritt, um sein vermeintlich letztes Frühstück zu nehmen, fragt er sich: »Ist's schon sechs? – Ah, nein: halb – dreiviertel« (41). Der Leser kann die Zeitchronologie also stets im Blick behalten. Für Gustl aber dehnt sich die Zeit und entgleitet der Kontrolle. Schon im Konzert hat sie sich als Langeweile hingezogen: »Mir kommt vor, ich sitz' schon drei Stunden in dem Konzert« (7). Bis Mitternacht scheint die Zeit endlos geworden zu sein: »Es ist grad, als wenn hundert Jahr' seitdem vergangen wären, und es kann noch keine zwei Stunden sein ... Vor zwei Stunden hat mir einer ›dummer Bub‹ gesagt und hat meinen Säbel zerbrechen wollen ...« (29). Diese subjektive Dauer, die sich von der objektiven Uhrzeit trennt, ist aber kaum eine »durée pure« im Sinn Henri Bergsons – eine lebendige, erfüllte Zeit –, sondern vielmehr Symptom von Gustls Krise. Erst als er vom Tod des Bäckermeisters hört, findet er sich wieder zurecht; überdies kann er sich jetzt außerdem auf den Kasernen-Stundenplan verlassen. Innerlich jubelnd, disponiert er folgendermaßen über den Vormittag: »In einer Viertelstund' geh' ich hinüber in die Kasern' [...] ... um halb acht sind die Gewehrgriff', und um halb Zehn ist Exerzieren« (45). Die Desorientierung seines subjektiven Zeitempfindens wird durch die militärische Tageseinteilung berichtigt, im Zeitraster seines Standes und Berufes findet er zu sich selbst zurück.

Dasselbe gilt für die Raumstruktur der Novelle, deren Örtlichkeiten sich eindeutig ermitteln lassen. Das Konzert findet statt im Musikvereinssaal, einem Veranstaltungsgebäude am südlichen Rand der Innenstadt; danach läuft Gustl panisch die Ringstraße entlang, und zwar gegen den Uhrzeigersinn. Die Ringstraße (»der Ring«) verläuft anstelle der mittelalterlichen Stadtmauern und begrenzt damit den alten Stadtkern Wiens; in den siebziger und achtziger Jahren des 19. Jahrhunderts war sie in einem historisierenden Stilgemisch als Prachtstraße ausgebaut worden. Gustl hält sich also vorerst noch an die halb feudale, halb bourgeoise »Fassung« der Altstadt, bevor er ihre nördliche Begrenzung, den Donaukanal, überquert; dann folgt er der Praterstraße stadtauswärts und betritt mit dem Prater einen populären Vergnügungs- und Naturpark, eine – zumindest nachts – nicht völlig vertrauenerweckende Gegend, eine Stätte der Gelegenheitskriminalität und -prostitution. Als solchermaßen unzivilisierter Raum gibt der Prater dann die Kulisse ab für Gustls inneres Drama, für die Zeit der Todesangst, in der die Konventionen seines Standes außer Kraft gesetzt sind. Aber am Morgen nimmt Gustl seinen Weg wieder zurück Richtung Innenstadt und passiert dabei »Stützpunkte« im wahrsten Sinn des Wortes: Stützen seines Ich, zugleich gesellschaftliche Ordnungsmächte. Aus dem Prater kommend, erblickt Gustl dabei zuerst den Nordbahnhof – die Bahnhofsuhr wird die nächste Zeitangabe liefern – und die »Tegetthoffsäule«: »... so lang hat sie noch nie ausg'schaut« (34). Zu offenbar einschüchternden Ausmaßen streckt sich hier das Denkmal für den Admiral Tegetthoff, den Sieger in der Seeschlacht von Lissa, ein militärisches Idol also, zu dem Gustl buchstäblich hochblickt. Danach werden die Ortsangaben vage; genau identifizierbar ist erst wieder der »Burghof« innerhalb des Komplexes der kaiserlichen Hofburg. Zieht man allerdings eine Luftlinie von Tegetthoffsäule zu Burghof, so könnte die im Text nicht näher bestimmte »Kirche« (37) topographisch genau in der Mitte liegen; dann handelte es sich um das Wiener Wahrzeichen, den Stephansdom. In diese Kirche tritt Gustl ein, gewissermaßen auf Verdacht; gläubig nennt er sich zwar nicht, aber: »am End' ist doch was dran ...« (38). Obwohl seine Andacht versagt, ist sein Besuch von Sentimentalität genauso diktiert wie von dem Bedürfnis nach einer Autorität: »Die Leut', die eine Religion haben, sind doch besser dran ...« (38). Ein Ort der Stabilität, geradezu ein autoritärer Topos, ist dann auch der Burghof; dort paradiert die Garde, die den Kaiser bewacht. Diese Aufgabe bietet natürlich

Stadtplan von Wien
Gustls Weg durch Wien: Musikverein – Ringstraße – Aspernbrücke –
Praterstraße – Praterallee. Der Rückweg führt wohl quer durch die

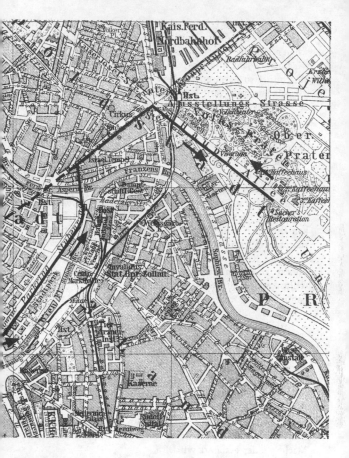

Innenstadt bis zum Burghof und über die Ringstraße, dann westlich in
den Bezirk Josefstadt.

die anschaulichste Legitimation für Gustls Stand: »Der Burghof ... Wer ist denn heut' auf Wach'? – Die Bosniaken –
schau'n gut aus – der Oberstleutnant hat neulich g'sagt: Wie
wir im 78er Jahr unten waren, hätt' keiner geglaubt, dass uns
die einmal so parieren werden! ... Herrgott, bei sowas hätt'
ich dabei sein mögen! – Da stehn sie alle auf von der Bank.–
Servus, servus! – Das ist halt zuwider, dass unsereiner nicht
dazu kommt. – Wär' doch schöner gewesen, auf dem Felde
der Ehre, für's Vaterland, als so ...« (39 f.). Gustl begrüßt also
die Offiziere der bosnischen Truppen und »zitiert« die ideologische Rechtfertigung seiner Existenz: »für Kaiser und Vaterland«. Die ironische Pointe der Stelle besteht allerdings
darin, dass die Länder Bosnien und Herzegowina erst 1878 von
habsburgischen Truppen besetzt und unter österreichisch-
ungarische Verwaltung gebracht worden waren, die Bosniaken also noch nicht lange diesem Diktat gehorchten und »pa-
rierten«. Im herrischen Gestus sucht Gustl seine Bestätigung.
Denkmal, Kirche und Burghof sind also die topographischen
Punkte, an denen Gustl sich und seinen schwankenden Entschluss zum Selbstmord aufzurichten versucht. Innerhalb der
Semiotik des Raumes der Novelle stabilisieren sie Gustls
Selbstbild.

Auf diese Weise zeigt auch die Raumordnung der Novelle
zuerst eine Bewegung ins Nicht-Strukturierte, ins Unkontrollierte, nämlich in den nächtlichen Prater, bevor Gustl an die
Plätze zurückkehrt, die ihm die Gültigkeit seiner ideologischen Normen signalisieren können. Raum- und Zeitstruktur
des Textes sind daher für den Leser genau definiert, begrenzt,
nachvollziehbar. Für Gustl droht das Zeit- und Raumsystem
allerdings vorerst auseinanderzufallen und bildet so seine kri-
senhafte Desorientiertheit ab, bevor es durch Instanzen der
Macht wieder etabliert wird.

*

Innerhalb der Zeit- und Raumkoordinaten laufen dann Gustls »Bewusstseinsprozesse« ab, oder vielmehr: jene merkwürdige Rede-Balance an der Schwelle von Bewusstem und Unbewusstem. Auf den ersten Blick »zerfällt« der Monolog in auch optisch markierte Redesplitter, durch Punkte getrennt, sozusagen von stummen Intervallen des Vorbewussten getrennt. In schlichter Parataxe sind die betreffenden Inhalte auch noch durch hohe intellektuelle Anspruchslosigkeit gekennzeichnet. Gustl denkt, wenn er denkt, in »Heniden« – so lautet der Begriff, den Otto Weininger wenig später für die Bezeichnung psychischer Daten im primitivsten Zustand vorschlagen sollte.[5] Es lag nahe, diesen rhetorischen »Zerfall« als Symptom psychischer Desintegration zu lesen. Unter Vernachlässigung von Gustls persönlicher Krisensituation konnte man ihn dann als Vertreter eines »impressionistischen Menschentyps« deuten, eines sozialpsychologischen Konglomerats, dessen Charakteristik von der Forschung immer auch moralisch bewertet worden ist: Sein Bewusstsein zerfällt in momentane Eindrücke, »Impressionen«, er lebt nur im »Augenblick«, woraus seine Bindungs- und Verantwortungsscheu resultieren. Hermeneutisch ergiebiger hat man dieses in einzelne Sinnesdaten partikularisierte Ich dann auf Ernst Machs erkenntniskritische Theoreme bezogen. Mach, damals Professor für experimentelle Physik in Prag, hatte in seinen *Beiträgen zur Analyse der Empfindungen* (1886) die epistemologische Differenz zwischen Außen- und Innenwelt aufzuheben versucht: Das erkennende Subjekt erhält von den Objekten immer nur einzelne Sinneseindrücke oder »Elemente«; es selbst besteht dann auch aus nichts anderem als aus einem passageren Bündel solcher Sinneseindrücke. Machs von Hermann Bahr später als »Philosophie des Impressionismus« etikettierter Satz: »Das

5 Otto Weininger, *Geschlecht und Charakter. Eine prinzipielle Untersuchung* [1903], München 1980, S. 125.

Ich ist unrettbar« meint das »Ich« als eine substanzielle, ontologische oder metaphysische Gegebenheit,[6] ist dann von seinen Interpreten aber immer wieder psychologisch oder sogar psychiatrisch-diagnostisch angewandt worden. Gustl wäre dann ein solcher Patient, bestehend bloß aus momentanen Sinnes- und Bewusstseinsdaten, als ein integres Ich »unrettbar«. Das Problem dieser Deutung liegt nicht zuletzt darin, dass Machs 1886 veröffentlichte *Analyse* erst um 1900 intensiver rezipiert wurde; Schnitzler selbst las sie nicht vor Ende September 1904. Machs Theorem kann daher lediglich als nachträgliches Interpretament gelten. Zeigen ließe sich immerhin, dass die theoretische Dekonstruktion des »Ich«-Begriffs parallel verlief zur literarischen Beschreibung soziopsychologischer Prozesse, zu denen die Destabilisierung der »Ich«-Identität gehört. Gustl wäre dann der Stellvertreter (»lieu-tenant«) seiner, der »modernen« Generation, die sozialhistorische Veränderungen als psychische Erschütterungen wahrnimmt und in der Fahrigkeit ihres Bewusstseins abbildet.

Für die Fragmentierung von Gustls Rede gibt es allerdings auch noch ein anderes Modell. Gustl gehört bemerkenswerterweise zu den allerersten Figuren der Weltliteratur, die bereits »freudianisch« konzipiert waren. Schnitzler hatte schon in den neunziger Jahren ein ausgeprägtes Interesse für Sigmund Freuds wissenschaftliche Tätigkeit bewiesen. Im Herbst 1899 war dann jenes Werk erschienen, das die Produktion des Unbewussten erstmals systematisch darstellte: Freuds *Traumdeutung*. Schnitzler hatte das Buch im März 1900 gelesen; die vier Monate später entstandene Novelle steht unbestreitbar unter seinem Eindruck.[7] Und das Grundprinzip: dass obsolete Triebregungen ins Unbewusste »verdrängt« werden, sich aber

---

6 Ernst Mach, *Die Analyse der Empfindungen und das Verhältnis des Physischen zum Psychischen* [1886; ⁹1922], mit einem Vorwort von Gereon Wolters, Darmstadt 1991, S. 20.

7 Vgl. Sigmund Freud, *Die Traumdeutung* [1900], Frankfurt a. M. 1982;

in allerlei Verkleidungen sichtbar machen, hat Schnitzler fraglos akzeptiert, obwohl er später eine ganze Reihe von Einwänden gegen einzelne psychoanalytische Theoreme entwickeln sollte. Nun handelt es sich, was die Triebverdrängung betrifft, bei Gustl aber um einen Sonderfall: Für sexuelle und aggressive Strebungen sind für seinen Stand bestimmte Lizenzen vorgesehen, für die Liebe das lose Verhältnis, für den Krieg das Manöver, für den Zweikampf das Duell. Was übrigbleibt, kollidiert aber trotzdem mit dem ideologischen Selbstbild von Mannesmut und -ehre, so dass dann ein durchaus begründetes Gefühl wie Gustls Todesangst zensuriert werden muss. Das betreffende Pendeln zwischen dem Ausbruch von Affekten und deren (versuchter) Kontrolle kann vom Leser mitverfolgt werden, wobei der Verlauf von Gustls Rede manchmal wirklich der Abfolge »freier« Assoziationen im psychoanalytischen Prozess entspricht. Damit hätte sich die scheinbare Beliebigkeit von Gustls manifesten Ideen bereits als latente Logik des Unbewussten herausgestellt; Gustls sprunghafte Einfälle wären nach diesem verdeckten Prinzip bedeutsam verknüpft. Tatsächlich »erinnert« Gustl im Verlauf seines Monologs sämtliche relevanten Tatsachen seiner Familiengeschichte und seiner sexuellen Entwicklung, wobei flüchtig immer wieder kränkende und traumatisierende Erfahrungen auftauchen: Sein Vater ist vorzeitig in den Ruhestand versetzt worden, Gustl hat das Gymnasium verlassen müssen, für den Eintritt in die Kavallerie fehlt das Geld, und so fort (10, 12, 30). Manche erotische Reminiszenzen sind in besonderer Weise scham- und ekelbesetzt, so die Erinnerung an den ersten sexuellen Akt und die stumme Missbilligung von Vater und Schwester – »Vor der Klara hab' ich mich am meisten g'schämt« (27) – oder an den Besuch bei einer Pro-

Michael Worbs, *Nervenkunst. Literatur und Psychoanalyse im Wien der Jahrhundertwende*, Frankfurt a. M. 1983, S. 179–258.

stituierten: »mir hat's nachher so gegraut, dass ich gemeint hab', nie wieder rühr' ich ein Frauenzimmer an« (23). Dazwischen liegen allerdings auch die für den psychoanalytischen Prozess besonders bedeutsamen Erinnerungslücken: »wie hat sie nur geheißen?«, »wie heißt er denn nur?«, »Wenn ich mich nur erinnern könnt'«, »Bin ich denn wahnsinnig, dass ich das immer vergess'?« (10, 12, 23). Vergesslichkeiten seiner Figuren sind bei Schnitzler immer Warnsignale: Sie deuten auf eine Laxheit des Gedächtnisses, die Schnitzler zunehmend moralisch akzentuierte. Denn der freudianischen Doktrin, dass Verdrängtes *nur mehr* durch psychoanalytische Exploration aufzuhellen sei, ist Schnitzler nie gefolgt; er traute das auch dem erinnerungswilligen Bewusstsein alleine zu, sofern es sich eben überhaupt mit dem verdrängten, weil unangenehmen Inhalt konfrontieren will. Auch Gustl hat eine solche Trägheit der Erinnerung zu verantworten.

Fallen Gustls Bewusstseinsinhalte (nach Mach) daher in einzelne »Elemente« auseinander, so lassen sie sich (nach Freud) wiederum nach der Logik des Unbewussten ordnen. Textuell wird diese Ordnung durch klassische narrative Strategien, wie Wiederholungs- und Leitmotivtechniken, erreicht. Lässt man sich einmal vom Spontaneitätseffekt nicht mehr täuschen, so ist ein völlig durchkalkuliertes sprachliches Arrangement zu entdecken. Signifikante Wiederholungen tauchen dabei vor allem zu Beginn und am Ende auf, so dass der Ablauf der Novelle ringförmig geschlossen scheint und die »Erlebensweise des um sich selbst kreisenden Leutnants [...] die Kreisform der gesamten Erzählung« bedingt.[8] So ergeben beispielsweise auch Gustls imaginäre Anreden an den

8 Alfred Doppler, »Innerer Monolog und soziale Wirklichkeit. Arthur Schnitzlers Novelle ›Leutnant Gustl‹«, in: A. D., *Wirklichkeit im Spiegel der Sprache. Aufsätze zur Literatur des 20. Jahrhunderts in Österreich*, Wien 1975, S. 56–63, S. 61.

regulären Duellgegner eine anaphorische Struktur. Diese reicht vom ersten Ausruf: »Warten S' nur, Herr Doktor, Ihnen wird's vergeh'n [...]« über: »Ah, wart' nur, mein Lieber – bis zur Kampfunfähigkeit ...« bis zum notorischen letzten Satz: »na wart', mein Lieber, wart', mein Lieber! Ich bin grad gut aufgelegt ... Dich hau' ich zu Krenfleisch!« (8, 13, 45) Durch diese Zirkelstruktur kommt die ideologische Pointe besonders markant heraus. Anfangs macht sich Gustl vor, sein Entschluss sei unabhängig von Mitwisserschaften und bloß seiner Selbstachtung geschuldet: Auch wenn den Bäckermeister »heut' Nacht der Schlag trifft, so weiß ich's ... ich weiß es ... und ich bin nicht der Mensch, der weiter den Rock trägt und den Säbel, wenn ein solcher Schimpf auf ihm sitzt!« (21) Nachdem der unwahrscheinliche Fall aber eingetreten ist, ist all dies »vergessen«: »Keiner weiß was, und nichts ist g'schehn!« (44) Gerade die kompositorischen Wiederholungen legen also die eminenten Widersprüche in Gustls Denken frei. Sein Bewusstseinsmaterial wird durch die unauffällige Erzählerregie so kunstvoll disponiert, dass es als Form transparent – und als Inhalt kritisierbar – wird.

*

Viele Interpreten haben Gustl allerdings sympathisch oder zumindest harmlos gefunden – und sie hätten sich dabei auf seinen Autor berufen können, der auf eine Anfrage hin mitteilte, sein Gustl sei »ein ganz netter, nur durch Standesvorurteile verwirrter Bursch [...], der mit den Jahren gewiß ein tüchtiger und anständiger Offizier werden dürfte«.[9] Selbst wenn man Schnitzlers Ironie überhören sollte, wird man Gustls Ansichten nicht immer zustimmen wollen, zumal da

---

9 Brief an Theodor v. Sosnosky vom 26.5.1901, zit. nach: Theodor v. Sosnosky, »Unveröffentlichte Schnitzler-Briefe über die ›Leutnant-Gustl‹-Affäre. Eine Sensation vor dreißig Jahren«, in: *Neues Wiener Journal*, 26.10.1931, S. 4.

sie allesamt auf die Stärkung durch die Obrigkeit angewiesen sind. Verhaltensvorbilder sind Regimentskameraden und Vorgesetzte, wobei deren Rang keine unerhebliche Rolle spielt: »Jetzt heißt's nur mehr, im letzten Moment sich anständig benehmen, ein Mann sein, ein Offizier sein, so dass der Oberst sagt: Er ist ein braver Kerl gewesen, wir werden ihm ein treues Angedenken bewahren!« (22 f.) Gustl wollen dabei allerdings nur programmatische Sätze einfallen, keine Taten, während die Tat*sachen* sich daneben eher kläglich ausnehmen: »Ob man zu einem Rendez-vous geht oder auf Posten oder in die Schlacht ... wer hat das nur gesagt? ... ah ja, der Major Lederer, in der Kantin', wie man von dem Wingleder erzählt hat, der so blass geworden ist vor seinem ersten Duell – und gespieben hat ... Ja: ob man zu einem Rendez-vous geht oder in den sichern Tod, am Gang und am G'sicht lasst sich das der richtige Offizier nicht anerkennen!« (34) Oberst und Major, die ranghöheren Chargen, sind für Gustl Gewährsleute seiner Lebens- bzw. Todesphilosophie und Garanten tapferer Männlichkeit. Zu ihnen steht er in sehr viel größerer innerer Nähe als zu seinen Geliebten, wobei auch unbewusste homoerotische Momente eine Rolle spielen. Offensichtlich hat die Ordnung der Welt nach Dienstgraden unbedingt etwas Verführerisches. Die gehorsame Befolgung des Dienstreglements ermöglicht ein beträchtliches Quantum an Verhaltenssicherheit auch in kniffligen Lebenslagen; darüber hinaus verspricht sie den Aufstieg in der Hierarchie. Gustls Position ist dabei noch relativ prekär: Als Leutnant ist er zwar

Officiere.

1. *Generale:*
   I. Diäten-Classe Feldmarschall;   III. Diäten-Classe Feldzeugmeister oder General der Cavallerie;   IV. Diäten-Classe Feldmarschall-Lieutenant;   V. Diäten-Classe General-Major.

2. *Stabs-Officiere:*

VI. Diäten-Classe Oberst; VII. Diäten-Classe Oberstlieute-
nant; VIII. Diäten-Classe Major.

3. *Ober-Officiere:*

IX. Diäten-Classe Hauptmann oder Rittmeister 1. und 2. Clas-
se; X. Diäten-Classe Oberlieutenant; XI. Diäten-Classe Lieutenant. (Die beiden letzteren Gruppen heissen auch *subalterne*
Officiere).

[...]

Taktische Einheiten.

Mit Rücksicht auf die Anforderungen der Taktik ist die Glie-
derung der Truppen in *taktische Einheiten* nöthig und zwar un-
terscheidet man;

a) taktische Einheiten *niederer* und

b) solche *höherer* Ordnung.

Ad a) Taktische Einheiten niederer Ordnung sind Abtheilun-
gen einer Waffengattung, welche ein abgeschlossenes Ganzes
bilden und als solches von einem Befehlshaber leicht übersehen,
geleitet und mit der Stimme befehligt werden können.

Als taktische Einheiten niederer Ordnung sind anzusehen

bei den Fuss- und technischen Truppen, dann bei der Fes-
tungs-Artillerie: das *Bataillon,*

bei der Cavallerie und Train-Truppe: die *Escadron,*

bei der Feld-Artillerie: die *Batterie.*

Zur besseren Führung und aus Rücksichten administrativer
Natur werden mehrere taktische Einheiten niederer Ordnung
verbunden: dadurch entstehen

bei den Fuss- und technischen Truppen: *Regimenter,*

bei der Cavallerie und Train-Truppe: *Divisionen* und *Regimenter,*

bei der Feld-Artillerie: *Batterie-Divisionen* und *Regimenter.*

Ad b) Taktische Einheiten höherer Ordnung sind aus allen
Waffengattungen zusammengesetzte grössere Armeekörper. —

Aus: Anton Reich, *Handbuch der Organisation des k.k. Heeres,*
Wien 1883, S. 31, 91f.

den Unteroffizieren (Kadetten, Feldwebeln, Zugsführern und Korporalen) sowie den Gefreiten vorgesetzt; als »subalterner« Offizier befindet er sich andererseits am untersten Ende der Rangleiter und hat Oberleutnants und Hauptleute (»Ober-Officiere«), Majore, Oberstleutnants und Oberste (»Stabs-Officiere«) und schließlich – unerreichbar fern – die Generalität über sich. Aber gerade deshalb wirkt auf Gustl in besonderer Weise das, was Elias Canetti die »Disziplin der *Beförderung*« genannt hat: Jeder Befehl setzt sich im Empfänger als »Befehlsstachel« fest. Die einzige Möglichkeit, solche autoritären Widerhaken loszuwerden, ist die Weitergabe nach unten, in einer identischen Situation, in dem gleichen Ton, mit demselben Kommando. Die aufsteigende Charge gehorcht daher nicht nur der Disziplin des Befehls, sondern vielmehr diesem geheimen Mechanismus der »Verwertung von gespeicherten Befehlsstacheln«.[10] Daher entwickelt Gustl, auf der niedrigsten Stufe der Offizierskarriere, einen Überschuss an Loyalität; die Überzeugungen seines Standes hat er verlässlich internalisiert. Diese Überzeugungen beruhen nun großteils auf der Herstellung einer Identität durch Abwehr.

In mentalitätstypischer Weise richtet sich diese Abwehr generell gegen Außenstehende – also Zivilisten; aggressiv verstärkt trifft sie aber zwei Gruppen: Frauen und Juden. Die Konvergenz von Misogynie und Antisemitismus ist dabei symptomatisch; sie sollte drei Jahre später vom Henidenerfinder Otto Weininger in der berüchtigten Schrift *Geschlecht und Charakter* (1903) zu einem beklemmenden Höhepunkt geführt werden. Was Gustls Freundinnen betrifft, so bringt er es an einer Stelle zur wohl kürzesten Liebesgeschichte in der deutschen Literatur: »Im Volksgarten hab' ich einmal eine angesprochen – ein rotes Kleid hat sie angehabt – in der Strozzigasse hat sie gewohnt – nachher hat sie der Rochlitz über-

10 Elias Canetti, *Masse und Macht*, Hamburg 1960, S. 361 f.

nommen …« (40). Schlichter lässt sich die totale Verding-
lichung der namenlosen Partnerin nicht mehr sagen. Das
Liebesleben wird ökonomisiert, das Liebesobjekt als Ware ge-
handelt (auch der Typus des »süßen Mädels«, den Schnitzler
kreiert hatte, ist diesen Bedingungen geschuldet). Gustls gegenwärtiges Verhältnis liegt insofern kostengünstig, als seine
Geliebte durch eine finanzielle Zweckliaison versorgt ist:
»Freilich, das mit der Steffi ist bequemer – wenn man nur
gelegentlich engagiert ist und ein anderer hat die ganzen Unannehmlichkeiten, und ich hab' nur das Vergnügen …« (33 f.).
Auf dem Liebesmarkt ist das Angebot hoch, die einzelnen Ex-
emplare sind daher inflationär entwertet und ohne Zögern
austauschbar: »Ob so ein Mensch Steffi oder Kunigunde heißt,
bleibt sich gleich« (31). Gustls Misogynie wirkt dabei nicht
einmal besonders bösartig, sondern eher resignierend – eine
bloße Begleiterscheinung der Liebe in Zeiten ihrer Durch-
kapitalisierung.

Radikaler geht Gustl dann mit dem zweiten Abwehr-Ob-
jekt um, mit »dem Juden«. Auf seine antisemitischen Reflexe
ist Verlass. Gleich zu Beginn, im (geistlichen) Konzert, fühlt er
sich durch die Anwesenheit jüdischer Zuhörer gestört: »Es ist
doch fabelhaft, da sind auch die Hälfte Juden … nicht einmal
ein Oratorium kann man mehr in Ruhe genießen …« (14).
Die besondere Ironie dieser Passage ist im Datum bzw. im
betreffenden musikalischen Aufführungskalender versteckt.
Später nennt Gustl nämlich den Handlungstag: Es ist der
4. April [1900] (25). Was an diesem Abend im Wiener Musikvereinssaal auf dem Programm stand, lässt sich eruieren: Es
war das Oratorium *Paulus*, opus 36 von Felix Mendelssohn-
Bartholdy – ebenjenem Felix Mendelssohn-Bartholdy, der ein
Enkel des berühmten jüdischen Aufklärers Moses Mendels-
sohn gewesen ist. Gustls Affekte entsprechen exakt den Pro-
jektionsmechanismen der Angstabwehr: In Steffis Liebhaber
vermutet er einen Juden (und einen Reserveleutnant) aus se-

xueller (und militärischer) Konkurrenz. Die Xenophobie steigert sich dort, wo das Feindbild in den eigenen Reihen zu finden ist, wo man »noch immer so viel Juden« zu Offizieren macht – das lässt Gustl »auf'n ganzen Antisemitismus« pfeifen (9). Dass Gustl die erfolgreiche populistische Strategie der Christlich-Sozialen, mit der es Parteiführer Karl Lueger 1897 endlich zum Wiener Bürgermeister gebracht hatte, noch zu schwach findet, lässt vermuten, dass seine Disposition gegen Außenseiter durchaus militantere Züge annehmen könnte, wenn ihn sein Kollektiv nur ließe.

Sowohl seines Respekts als auch seiner Ressentiments wegen konnte man Gustl mit einem Typus in Verbindung bringen, der ein halbes Jahrhundert später von Theodor W. Adorno als »autoritärer Charakter« beschrieben worden ist.[11] Dessen Merkmale begegnen allesamt schon bei Gustl, die »autoritäre Unterwürfigkeit« beispielsweise, mit der er Mitglieder seiner Eigengruppe (wie Major und Oberst) idealisiert, oder die »autoritäre Aggression« gegen Außenstehende, die an den übernommenen Werten Kritik üben (wie der Rechtsanwalt, der Zweifel am hehren Patriotismus der Offiziere anmeldet und deshalb von Gustl zum Duell gefordert wird). Neben der »Konventionalität« und der »Anti-Intrazeption«, der Abwehr von Gefühlen, ist dann auch noch die »Projektivität« charakteristisch, also die leicht paranoide Vorstellung, es gebe eine Verschwörung – entweder gegen einen selbst oder gegen die Eigengruppe (so vermutet Gustl sofort, der Bäckermeister würde den Vorfall herumerzählen). Schnitzlers Leutnant ist daher nur ein typisches Exemplar einer kollektiven Befindlichkeit, deren Vertreter nach dem Bild der Autorität geformt sind – und formen wollen. Darin liegt die Dialektik des »au-

11 Vgl. Theodor W. Adorno, *Studien zum autoritären Charakter* [*The Authoritarian Personality*, 1950], übers. von Milli Weinbrenner, Frankfurt a.M. 1995.

toritären Charakters«: dass er sowohl Subjekt als auch Objekt der autoritativen Gewalt sein kann. Unter entsprechend günstigen Umständen braucht er seine Aggressionen nicht mehr zu zügeln. Dass Gustl sich nach einem Krieg sehnt, der es ihm erlauben würde, die Kontrolle seiner Affekte auszusetzen, ist daher nur logisch. Als charmanter Wiener Zeitgenosse kann Gustl daher wohl nicht mehr durchgehen; auch bei ihm gibt es Indizien dafür, dass Banalität und Brutalität sich verschwistern können. Schnitzlers erzählerische Leistung besteht darin, den »autoritären Charakter« Gustls an der Schwelle seines eigenen Bewusstseins charakterisiert, ihn mit dem Inneren Monolog demaskiert zu haben. In den verschiedenen totalitären Spielarten sollte dieser Typus im 20. Jahrhundert noch viel »moderner« werden.

*

Eine für den Offizier zulässige Form der Aggressionsabfuhr war das Duell. Immer wieder hat man Schnitzlers Novelle so interpretiert, als ob hier eine besonders geschärfte Form von Duellkritik gegeben werden sollte. In der Tat haben Schnitzlers Dramen der neunziger Jahre die Absurdität des Duellzwangs zum Thema. In der *Liebelei* (1895) fällt Fritz im Duell mit einem betrogenen Ehemann, und Christine nennt die Tat beim Namen und wird sich zugleich bewusst, dass sie in diesem Drama nur eine Nebenrolle gespielt hat: »Und ihr Mann – ja, ja, ihr Mann hat ihn umgebracht … Und ich … was bin denn ich? Was bin denn ich ihm gewesen …?«[12] In *Freiwild* (1896) geht es ausdrücklich um die Weigerung eines jungen Mannes, in der »Komödie vom Mannesmut und von der Verachtung des Lebens« mitzuspielen. Er denkt nicht daran, die Forderung eines frechen Oberleutnants anzunehmen: »Ist

---

12 Arthur Schnitzler, *Die Dramatischen Werke*, 2 Bde., Frankfurt a.M. 1962, Bd. 1, S. 261.

denn meine Ehre in jedermanns Hand, dem es gerade Spass macht, sie anzugreifen? Nicht auf das, was uns geschieht, auf das, was wir tun, kommt's doch an! Und wenn mich einer insultiert, kann er eben nur ein Narr oder ein Betrunkener sein, und das ist mir gleichgültig«.[13] Allerdings fällt noch in die Entstehungszeit dieses Dramas ein Ereignis, das Schnitzlers Haltung zum Duell doch entscheidend verschob. Im März 1896 fassten nämlich die Deutschnationalen Studenten den sogenannten »Waidhofener Beschluss«, jüdische Kommilitonen für satisfaktionsunfähig zu erklären. In seiner Autobiographie referierte Schnitzler den Wortlaut: »Jeder Sohn einer jüdischen Mutter [...] ist von Geburt an ehrlos [...]. Einen Juden kann man nicht beleidigen, ein Jude kann daher keine Genugtuung für erlittene Beleidigungen verlangen«.[14] Zwei Wochen nach dieser Erklärung schlug sich Hermann Bahr mit einem Antisemiten, was ihm einen Blumenstrauß von Richard Beer-Hofmann und anerkennende Worte in Schnitzlers Tagebuch einbrachte: »Er war mir direct sympathisch«.[15] In Frankreich war zur selben Zeit der latente Antisemitismus der Militärs durch die »Dreyfus-Affäre« zum Vorschein gekommen; der jüdische Hauptmann Alfred Dreyfus war 1894 zu Unrecht wegen Landesverrats verurteilt worden. Schnitzlers Freund Paul Goldmann, damals Pariser Korrespondent der *Frankfurter Zeitung*, duellierte sich Ende des Jahres 1896 mit einem Anti-Dreyfusard, worauf Schnitzler befriedigt und sar-

13 Ebd., S. 302, 300.

14 Arthur Schnitzler, *Jugend in Wien. Eine Autobiographie*, hrsg. von Therese Nickl und Heinrich Schnitzler, mit einem Nachwort von Friedrich Torberg, Wien 1968, S. 156.

15 Eintragung vom 30.3.1896, in: Arthur Schnitzler, *Tagebuch 1893–1902*, unter Mitwirkung von Peter Michael Braunwarth [u.a.] hrsg. von der Kommission für literarische Gebrauchsformen der Österreichischen Akademie der Wissenschaften, Obmann: Werner Welzig, Wien 1989, S. 181.

kastisch telegrafierte: »ALSO DAZU SCHREIB ICH EXTRA STÜCKE GEGENS DUELL TAUSEND GRÜSSE UND GLÜCK-WÜNSCHE«.[16] Im ausführlichen Folgebrief wiederholte er die Gratulation – »Du hast Dich einfach prachtvoll benommen« –, die Sache an sich beurteilte er weiterhin skeptisch: »Es ist ebenso edel als blödsinnig, daß Du Dich geschlagen hast – wärst Du aber erschossen worden, so hätte die Ungeheuer-lichkeit des Blödsinns alles andere verschlungen«.[17] Trotzdem schien Schnitzler nunmehr gute Gründe für ein jüdisches En-gagement in dieser Sache zu sehen. Die Verteidigung der Ehre, die zuvor als absurdes Männlichkeitsritual bloßzustellen war, wurde paradoxerweise zur Notwendigkeit, sobald man davon ausgeschlossen werden sollte. In einer unveröffentlichten Antwort auf eine ›Rundfrage über das Duell‹ verteidigte Schnitzler denn auch die Freiheit, sich nicht zu schlagen – ebenso wie die, es zu tun: »es ist sehr wohl der Fall zu den-ken, daß jemand einmal mit guten Gründen ein Duell abge-lehnt hätte und ein anderes Mal jemand mit guten Gründen die Nötigung empfände, selbst jemanden zum Duell heraus-zufordern. [–] Die Forderung an sich aber dürfte niemals straf-bar sein«.[18]

Deshalb wird die Krise des Leutnant Gustl ja keineswegs durch das bevorstehende Duell mit einem Rechtsanwalt aus-gelöst, im Gegenteil; dieser Auseinandersetzung blickt Gustl forsch entgegen, bis zum notorischen letzten Satz: »Dich hau' ich zu Krenfleisch!« (45) Sein Problem besteht vielmehr darin, dass die vom Bäckermeister erlittene Demütigung eben nicht mittels einer Duellforderung geahndet werden kann. »Satis-

16 Brief vom 21.11. 1896, in: Arthur Schnitzler, *Briefe 1875–1912*, hrsg. von Therese Nickl und Heinrich Schnitzler, Frankfurt a.M. 1981, S. 307.

17 Brief vom 22.11. 1896, ebd., S. 308.

18 Arthur Schnitzler, *Aphorismen und Betrachtungen*, hrsg. von Robert O. Weiss, Frankfurt a.M. 1967, S. 323.

faktionsfähig«, also in der Lage, mit der Waffe Genugtuung zu geben, waren Adelige, Militärs und Akademiker, nicht aber Handwerker und kleine Gewerbetreibende. Wie ein Offizier auf die Beleidigung eines solchen Zivilisten zu reagieren hatte, war deshalb ein wunder Punkt des Ehrenkodex. Die betreffende Bezeichnung lautete »Ehrennotwehr«, was schlicht bedeuten konnte, dass der vermeintlich Beleidigte ohne weiteres Comment mit dem Säbel in der Hand auf einen Unbewaffneten losging. Vier Jahre vor der Niederschrift des *Lieutenant Gustl* hatte es eine heftige Debatte über einen solchen Fall gegeben. 1896 erregte sich die Öffentlichkeit im Deutschen Reich über den »Fall Brüsewitz«: In Karlsruhe hatte sich ein Leutnant von einem Zivilisten beleidigt gefühlt, einem Techniker, der nach Rang und Herkunft nicht satisfaktionsfähig war; Brüsewitz hatte zur »Ehrennotwehr« gegriffen und den unbewaffneten Mann mit seinem Degen erstochen. Das führte im Reichstag zu einer Interpellation liberaler Abgeordneter. Selbst konservativen Beobachtern fiel es schwer, eine Tat zu rechtfertigen, die unter bürgerlich-juristischen Gesichtspunkten als Totschlag zu werten war. Bei der zweitägigen Diskussion zeigte sich dann, dass es um nichts anderes ging als um das Ehrenprivileg des Offizierskorps überhaupt. Ein Vertreter der Freisinnigen Volkspartei zog es mit der Begründung in Zweifel, dass es eine besondere Ehre eines besonderen Standes nicht geben könne; Ehre sei ein absoluter Begriff und in sich selbst nicht steigerungsfähig.[19]

Auf diesen Zusammenhang bezieht sich Gustls Selbstmitleid: »ganz wehrlos sind wir gegen die Zivilisten ... Da meinen die Leut', wir sind besser dran, weil wir einen Säbel haben ... und wenn schon einmal einer von der Waffe Gebrauch macht, geht's über uns her, als wenn wir alle die geborenen

19 Vgl. Ute Frevert, *Ehrenmänner. Das Duell in der bürgerlichen Gesellschaft*, München 1991, S. 97f.

Mörder wären ...« (20). Der Verdacht auf einen Straftatbestand trifft die Offizierselite an ihrem wundesten Punkt. Der Ehrenkodex regelt eben noch das interne Verhalten, verliert aber seine Gültigkeit gerade im Kontakt mit »Außenseitern«. Diese verteidigen nicht die Ehre mit dem Säbel, sondern Leib und Leben mit dem Strafgesetzbuch und erweisen gerade damit die luxuriös-blutige Irrelevanz des vormals ritterlichen Zweikampfs gegenüber der Kodifizierung bürgerlicher Verhaltensnormen. Eine solche Aushöhlung des Ehrbegriffs von den Rändern her erhöht aber natürlich die Aggressivität seiner Verfechter.

In den Jahren nach dem Erscheinen des *Lieutenant Gustl* sollte die Institution des Duells aber zusehends verfallen, und zwar genau aufgrund der Interferenzen mit justitiablen Tatbeständen. Hatte man Gesetzesverstöße duellierender Offiziere bislang nicht geahndet, hatte Kaiser Franz Joseph noch jeden Offizier, der einen Zivilisten getötet hatte, begnadigt, so verzeichneten die ab 1902 gegründeten Ligen gegen das Duell stetige Erfolge. Ab 1911 waren Offiziere laut kaiserlichem Dekret nicht mehr verpflichtet, eine Duellforderung anzunehmen; mit einigen Ausnahmen, wozu etwa die Rache für Ehebruch gehörte, wurden Duelle verboten.[20]

Für *Lieutenant Gustl* jedenfalls galt noch die Vorschrift, dass ein Offizier sich unbedingt zu stellen habe; tat er es nicht, verlor er sein Offizierspatent. Schnitzler hatte die Folgen liberaler Duellkritik schon zuvor zu spüren bekommen. Schon als *Freiwild* im Februar 1898 am Wiener Carlstheater aufgeführt wurde, reagierte die antisemitische und militaristische Presse aufs heftigste. Die *Allgemeine Sportzeitung* verwahrte sich empört gegen die Art und Weise, wie Schnitzler

20 Vgl. William M. Johnston, *Österreichische Kultur- und Geistesgeschichte. Gesellschaft und Ideen im Donauraum 1848 bis 1938*, Wien 1974, S. 69.

die Repräsentanten der k.u.k. Armee dargestellt hatte: »Das wären wirklich saubere Officiere. Wo hat man je solche gesehen? Vielleicht würde es einmal solche geben, wenn es dazu käme, dass man Gesinnungsgenossen Schnitzler's in das Officierscorps zuließe – wovor der liebe Herrgott jede Armee bewahren möge!«[21] Nun befand sich der »officierfeindliche Autor« allerdings wirklich im Offiziersrang. Schnitzler war 1882, während seines Medizinstudiums, ein sogenannter »Einjährig-Freiwilliger« gewesen. Diese Einrichtung sah vor, dass die Dauer des Militärdienstes für Bürgersöhne auf ein Jahr herabgesetzt wurde, sofern sie für Unterbringung und Verpflegung selbst aufkamen; das Privileg war also käuflich. Üblicherweise wurde man dann als Reserveoffizier entlassen. Auf Schnitzler traf das zu, ebenso wie auf die Freunde Richard Beer-Hofmann und Hugo von Hofmannsthal; Hermann Bahr, ein offenbar hoffnungsloser Fall, war nach dem einen Jahr trotz angeblich guter Führung *nicht* befördert worden. Das Ressentiment der Längerdienenden gegenüber den begüterten Kameraden jedenfalls wird Schnitzler seiner Figur in den Mund legen: »Manchmal sind's ganz nette Burschen, die Einjährigen … aber sie sollten alle nur Stellvertreter werden – denn was hat das für einen Sinn? Wir müssen uns jahrelang plagen, und so ein Kerl dient ein Jahr und hat genau dieselbe Distinktion wie wir … es ist eine Ungerechtigkeit!« (22) Entschieden unfreundlicher wird Gustl, als sich dieser Vorbehalt mit dem omnipräsenten antisemitischen Vorurteil legiert, wie gegenüber Steffis Liebhaber: »Reservelieutenant soll er auch sein! Na, in mein Regiment sollt' er nicht zur Waffenübung kommen! Überhaupt, dass sie noch immer so viel Juden zu Offizieren machen – da pfeif' ich auf'n ganzen Antisemitismus!« (9) Der Ehrbegriff, dessen Dürftigkeit Schnitzler über die Schwachstelle der »Ehrennotwehr« bloßlegt, kaschiert

21 Victor Silberer, [o.T.], in: *Allgemeine Sportzeitung*, 13.2.1898, S.162.

eine fatale Unsicherheit, die jederzeit in Perfidie und Angriffs-
lust umkippen kann.

*

Die realen Vertreter des k.u.k. Offiziersstandes haben den
Lieutenant Gustl denn auch keineswegs als sympathischen
Zeitgenossen missverstanden. Gerade weil er so schlagend
ähnlich war, fühlte man sich offenbar getroffen und reagierte
mit heftigen Dementis. Schnitzlers Novelle hatte daher Kon-
sequenzen, die man als ein Satyrspiel zu Gustls verhinderter
Tragödie bezeichnen könnte. Schon drei Tage nach dem Erscheinen des Erstdrucks wurden Gustl und sein Verfasser in
der konservativ-militaristischen Zeitung *Die Reichswehr* auf
das heftigste attackiert: »Dieses Gemisch von Unflat, niedrigs-
ter Gesinnung und Verdorbenheit des Herzens, von Feigheit
und Gewissenlosigkeit steckt Herr Schnitzler in eine österreichische Lieutenantsuniform und stellt es im Feuilleton der
›N.[euen] Fr.[eien] Presse‹ aus«.[22] In Militärkreisen erwartete
man nun offenbar mit unerschütterter Automatik, dass
Schnitzler den Chefredakteur zum Duell fordern würde. Als
Schnitzler das begreiflicherweise unterließ, erhielt er vom
»k.k. Landwehrergänzungsbezirkskommando« zunächst den
Befehl, bekanntzugeben, ob er »der Verfasser des am 25. Dezember 1900 in der Neuen fr. Presse erschienenen Feuilletons
›Leutnant Gustl‹« sei. Danach wurde Schnitzler mehrmals vor
den »ehrenrätlichen Ausschuss für Landwehroffiziere und Kadetten« geladen; er habe sich mit »Rock und Kappe« bzw. »en
parade« einzufinden. Schnitzler ging nicht hin. In seiner Ab-
wesenheit fällte der Ehrenrat am 26. April sein Urteil;
Schnitzler erfuhr davon im Juni aus der Zeitung, bevor man es
ihm selbst zustellte. Er habe »die Standesehre dadurch verletzt, daß er als dem Offiziersstande angehörig eine Novelle

22 [Anonym], »Lieutenant Gustl«, in: *Die Reichswehr*, 28.12.1900, S. 1 f.

verfaßte und in einem Weltblatte veröffentlichte, durch deren Inhalt die Ehre und das Ansehen der österr. ung. Armee geschädigt und herabgesetzt werde, sowie daß er gegen die persönlichen Angriffe der Zeitung ›Reichswehr‹ keinerlei Schritte unternommen« habe. Daher werde er seines »Offizierscharakters für verlustig erklärt«. Schnitzlers Offiziersdiplom wurde abgeholt; er erhielt dafür einen Militärpass als gewöhnlicher Sanitätssoldat des k.u.k. Landsturms.[23] Die Reichswehr entschloss sich am 22. Juni zu einem Nachschlag, wobei sie allerdings einen verräterischen Unterschied in den Reaktionen von Offizierskorps und Öffentlichkeit selbst hervorhob: »Es gibt keinen Officier, der die famose ›Studie‹ Schnitzler's gelesen hat und der dabei nicht den subjectiven Eindruck einer Verhöhnung jener Ansichten und Satzungen empfangen hätte, die dem Officier nun einmal sacrosanct sind. [...] Und wie begleitet die Öffentlichkeit diese Meinung? An allen Orten hört man es zischeln oder kichern: Ja, ja, so sind die Herren Officiere, ein Lieutenant Gustl neben dem andern, man kennt das. Da schießt dem Officier das Blut zum Kopf [...].« Dass die Novelle diesen Realismuseffekt auf das Publikum ausgeübt habe, wird also gar nicht bestritten. Ferner warf man Schnitzler vor, er habe ja bei passender Gelegenheit auch in Uniform »einherstolzieren« dürfen: »Der Schriftsteller Dr. Arthur Schnitzler gefiel sich außerordentlich mit Sturmhut und Schleppsäbel, und der Oberarzt in der Evidenz der Landwehr Dr. Arthur Schnitzler gefiel sich nicht minder gut im Rüstzeug des liberalen Kämpen, der den Officiersehrbegriff auf seine Stahlfeder spießt«.[24] Solches nannte Schnitzler vier Tage später in einem Brief an Bahr »das Großartigste an Dumm-

---

23 Vgl. Arthur Schnitzler, »Die Wahrheit über ›Leutnant Gustl‹. Eine Novelle, die einst zu einer ›Affäre‹ wurde«, in: Die Presse, 25.12. 1959, S. 9.

24 [Anonym], »Lieutenant Gustl«, in: Die Reichswehr, 22.6.1901, S.1f.

heit«, was ihm in dieser Angelegenheit untergekommen sei; sein resigniertes Fazit: »Wahrhaftig – sie haben meinen Lieutenant Gustl nicht verdient! Ich seh es ein«.[25] Aber wenigstens ein Teil seiner ehemaligen Militärkameraden hatte den *Gustl* nur allzu sehr verdient. Die *Österreichische Volkspresse* beispielsweise reagierte auf das Urteil des Ehrenrates mit einer Verteidigung der Armee gegen die »Schunderzeugnisse« des »Literaturjuden Schnitzler«: »Wir sagen: ›Unsere Armee‹, denn diese, den Ehrbegriff und die Mannesvorzüge verkörpernde Einrichtung, ist durch und durch eine arische, daher dem jüdischen Wesen strict entgegengesetzt und den Hebräern von Grund aus verhaßt«.[26] Auch das lässt sich noch für den »Realismus« von Schnitzlers Figur anführen: dass Gustls Aggressionen postwendend bestätigt wurden. Eine nachdrücklichere Beglaubigung von Gustls Sozialcharakter hätte gar nicht geliefert werden können, die Wirkungsgeschichte der Novelle bekräftigte nur ihre diagnostische Treffsicherheit. Trotzdem hatte Schnitzler natürlich recht, als er zwanzig Jahre später, anlässlich der *Reigen*-Skandale, gelassen schrieb, er kenne dergleichen Aufruhr von anderen Gelegenheiten her, etwa auch der Veröffentlichung von *Lieutenant Gustl*: »Nach einigen Jahren bleibt von all dem Lärm nichts weiter übrig als die Bücher, die ich geschrieben und eine dunkle Erinnerung an die Blamage meiner Gegner«.[27] Schnitzlers Buch erschöpfte sich eben nicht nur in der bloß historischen Dokumentation eines habsburgischen Subaltern-Offiziers, den es nach 1918 ohnehin nicht mehr gab. Die Modernität seiner »Studie« be-

25 Brief vom 26.6.1901, in: Schnitzler, *Briefe 1875–1912* (Anm. 16), S. 437.

26 [Anonym], »Officiersaffairen und Hetzpresse«, in: *Österreichische Volks-Presse*, 30.6.1901, S. 5.

27 Brief an Stefan Grossmann vom 17.2.1921, in: Arthur Schnitzler, *Briefe 1913–1931*, hrsg. von Peter Michael Braunwarth [u.a.], Frankfurt a.M. 1984, S. 235.

steht darin, die avanciertesten Techniken der Introspektion auf ein so mittelmäßiges und deshalb so typisches Individuum angewandt zu haben. Gustl, in seiner banalen, aber gefährlichen Durchschnittlichkeit, *ist* ein Repräsentant des 20. Jahrhunderts geworden. Die Möglichkeit zur Analyse dieses Typus hätte die Literatur von Beginn an geboten.

Inhalt

Reclam – Klassiker

Textausgaben der klassischen Literatur

in sorgfältig edierten Ausgaben
zum Reclam-typischen Niedrigpreis
eingebettet in ein System von Erläuterungen, Interpretationen und Einführungen

Verständnishilfen zu einzelnen Texten

Lektüreschlüssel
zu Schnitzler: Lieutenant Gustl | UB 15427

Erläuterungen und Dokumente
zu Schnitzler: Lieutenant Gustl | UB 16017

Interpretationen
Arthur Schnitzler: Dramen und Erzählungen
UB 17532
Erzählungen des 20. Jahrhunderts. Band 1
UB 9462

Autorenmonographien

Konstanze Fliedl: Arthur Schnitzler | UB 17653

Literaturgeschichten und Lexika
Informationen zu Epochen und Gattungen
Theoriebände

Reclam